迷宫的回音

达哥的诗和他选译的艾略特的诗

汪　浩◎著

作家出版社

谨以此书献给北京大学建校 120 周年和五四运动 100 周年

目　录
CONTENTS

传统的传承：古体诗词

达哥的译诗

隔世的回音：艾略特的诗

永远的真爱：其他译作

缠绵月下树底的诗之恋人
——序汪浩《迷宫的回音》

于慈江

（一）

> 总会有恋人，
> 缠绵树底。[1]

仿汪浩师弟这两句诗或依葫芦画个瓢，笔者不妨顺嘴续上两句——

> 也总会有诗人，
> 徘徊月下。

之所以一起笔便首先想及这四句诗，或许主要是因为笔者知道，尽管有弥足让世人艳羡的北大、麻省理工和哈佛等学业背景的汪浩师弟积年之下，早已功德圆满、事业大成——所谓经济基础，恐怕他最希望别人认可或关注的，仍然或始终是诗人和译诗人这两种既彼此相通、又大有关联的身份或称谓——所谓上层建筑或形而上之术。

众所周知，知名建筑学家章克群女士曾经对她自己的孩子、更为知

---

[1] 汪浩：《秋天的歌》,《迷宫的回音》,作家出版社 2018 年版，第 006 页。

名的艺人高晓松及其妹妹说过如下广为流传的话：

生活不仅有眼前的这点儿苟且，还有诗和远方。

虽然章女士这句直刺庸常、颇富诗意、颇富精神提振意味的感喟或断语因为一个不小心关注者众多、点击量过巨，已被很多人逆反地、不可救药地视为廉价的心灵鸡汤，但笔者还是觉得不妨顺手拿来，中性地为汪浩师弟半辈子对诗的热爱做个小小的注脚——汪浩师弟不仅多年前就逐潮赶浪、去国留洋、远迈他方，也始终一腔热情地在诗歌的园地里放足徜徉、不懈流连、风生水起；可谓实打实地诗与远方兼得、生活与情怀两顾，可谓活出了一份真性情与真滋味。

这个状态里的汪浩师弟于是不可能不是有感有觉、状态蓬松飞扬、气息畅旺勃郁的，一如他下面这两句诗所隐约透露、呈现或提示的那样——

芽用绿色的鲸鱼尾翻开了土的海洋
风把一簸箕麻雀洒进田野①

汪浩师弟这两句可谓得自天成的诗相反相成、各极其妍，不仅极形象可感、极生动活泼，是百分之百的诗，尤其生活气息浓厚、极接地气。

前者状貌描形，将微小无限放大——一片绿芽儿的嫩尾何其渺小稚弱，却又的确像极了皇皇巨鲸之尾，可在土地之洋里自如地翻飞来去。

后者见微知著，将宏大寄托于微茫——作为与人相伴而生、最为接近的鸟儿，叽叽喳喳、无处不在的麻雀展眼之下，何止百千，可在诗人的眼底或心间，却不过是田野里的一风而过、一簸箕之众而已。

---

① 　汪浩：《冬天走了　春天来了》,《迷宫的回音》，第 65 页。

其实，汪浩师弟不惟学贯中西、兼善洋古，尤其文理两通、气象博雅、学风朴素、谦谨洞达。譬如，他前不久曾这样给我发短信、写邮件，客气地请我为他这本新出炉的《迷宫的回音》写序：

于师兄您好，

非常感谢您同意给我的第二本个人专辑写序。现附上作家出版社的预排版供您参考。

我是半路出家没受过正规训练的业余诗歌爱好者，能得到师兄的指点与评判会很荣幸。上次在京与兄相聚时，您的一句"坚持下去"就让我觉得很知心知底。我是个繁忙于尘世、往来于东西方两个世界的人，回广州后居然觉得语言环境变了，无法像以前在波士顿、纽约那样流畅地写诗了。希望今后尽快适应这个转变。

……

谢谢师兄。

汪浩敬上

与其说这封短简中所呈现的汪浩师弟眼里的自己是谦冲低调的，毋宁说更是清醒淡定的。

他心里显然明白，无法彻底回归之地允为故乡，只在心里企及却终究无可抵达之处方是远方；他心里也因之明白，自己无论在精神上还是生活里注定只能剑走偏锋、甘居边缘、漂泊四方、居无定止。

于是，汪浩师弟才会一方面把自己定位为一名远离主流的业余诗歌爱好者，一方面又感奋于同道一句"坚持下去"的声援或呼唤；于是，他也才会一方面淡然自若于在东西方两个世界间穿梭和游走，一方面又清醒地意识到语言的藩篱、边界甚或锋芒不仅来自于外部或环境，也或更来自于内部或心底。

（二）

汪浩师弟《迷宫的回音》这本诗集的一大特点或许是，写诗与译诗两位一体，古（近）体诗与现代新诗两不偏废。

此前不久，笔者曾经这样评价学术或写作中的多面手或复合人才："一个诗歌研究者如果不自己也时不时写写诗，便难免老是身处局外、蜻蜓点水似的尴尬和懵懂，终究难以搔到诗歌的痒处、触及诗歌的真义与神髓；如果不通过译诗深入异域诗歌的骨骼和肌理——译诗说到底是最直接、最老实、最有效的一种诗歌细读和文字究诘功夫，便总是难以明了诗歌的纵深、抵达诗歌的堂奥，也难以让自己的研究具备足够的深度……"①

汪浩师弟虽然不像笔者这样，是一位纯粹的文学学者、诗歌（特别是新诗）研究者，但他通过诗歌写译所展示的学术纵深和专业素养堪称可观。

在他这本《迷宫的回音》所收录的小 90 首各色诗词当中，译作［以艾略特（T. S. Eliot, 1888—1965）的译诗为主］占 20 余首，现代新诗占 30 余首，古（近）体诗词占约 30 首，可谓三套马车并驾齐驱，功夫下得可堪等量齐观。

特别是，这其中还有约 20 首诗，是所谓中英文诗。或者说，这些诗是一诗两语或两体——一是中文版，一是英文版。汪浩师弟自己则郑而重之地称其为"语言的共振"。

作为读者，我们可能很自然地会发出类似这样的疑问：在江浩师弟这里，是先有中文诗，还是先有英文诗？或者换言之，是他自为的中译

---

① 于慈江：《"迟到的诗突然蠕动了一下喉结"——〈兰明诗文集〉编后》，《兰明诗文集》，北京出版社 2017 年版，第 480 页。

英，还是英译中？我的猜测是，汪浩师弟多半会微笑不语，或是顾左右而言他。

这多半是因为，可能连他自己都不知道是先有英文，还是先有汉语。多半是两种情形各半，少部分情形是两种语言同时参与创作。

作为一位评论者，笔者更愿意把汪浩师弟的这样一种创作情形称为"创译"之诗。首先，这无疑是一种创作，无论作者脑海里是先用中文还是先用英文构思和写作。

其次，对于像汪浩师弟这样一位优异的双语写作者而言，两种语言完全同步参与创作的情形固然不会完全没有，一种文本居先、另一种文本紧随其后跟进的现象可能要更多。作为一种结果，必然很大程度上呈现为一种半明半昧的先写再译状态。是中译英还是英译中，反倒不那么重要了。

在汪浩师弟这批中英文诗里，笔者一上来便首先留意的是这首《五方宫》（Tesseract）——

　　……

　　历史的风

　　把我们的影子

　　吹向远方

　　风褶皱了记忆

　　把图案揉乱了

　　……

　　没有选择

　　我的远方和你的

　　不会被放在一起

也不知如何把彼此

封存在各自的故事里

……

是"历史的风 / 把我们的影子 / 吹向远方",而"我的远方和你的 / 不会被放在一起"！说来平淡,其实凄惶;看似偶然,其实乃命运使然。

汪浩师弟的古(近)体诗词大多写得中规中矩、温柔敦厚、气象俨然,反倒是一首跳脱不拘、随意点染的《尘识》让笔者一下子眼前一亮——

……

尘嚣乱

无端产业损无边

森林散

久承其重不绿蓝

失土于我

待重转

锁身海边

环球热

雾霾山

若非数滴雨团圆

帝都不可见蓝天

人不知

更新难

千年风水毁一旦

……

生与死

一念悬

为子孙

多节俭

救宇寰

犹未晚

三十年

可叫日月换新颜

……

　　这首聚焦中土水土流失以及雾霾和蓝天的反差的杂糅体诗充满温度、充满人文关怀、充满忧国忧民和关爱环境的情怀。由于跳出了形格的框框，毫不惺惺作态，反而见出了活泼泼的新意和勃勃然的热情。

　　汪浩师弟的现代新诗创作在整部《迷宫的回音》里堪称占比最大，自是不乏浮想联翩、声韵铿锵的长篇巨制，最打动我的反而是几首僻处一角的玲珑短章或断章——

堪察加上空的回声①

题记：飞行中的俳句

英雄

坦克像单触角的蜗牛

探索着屹立的勇士

---

① 　汪浩：《堪察加上空的回声》，《迷宫的回音》，第108—109页。

同学

些许记忆
就能燃起陌路人的热情

四合院

方寸之间
锁住明清的故事

松

不愿被寒风夺去自由的叶子
只能是刺耳的松针

自大

用望远镜迷恋着古老的成绩
用显微镜看着西边的瑕疵

飞机

离开了路灯
却得到了晨星

在这信手拈来的几首俳句式小诗里,《自大》讥讽的自是东方式的自大癖和狂妄无知,而《飞机》则暗示了时空转换或环境变幻所可能带来的意外机缘——当然,"晨星"若是换成"星辰",可能会更具普泛意味一些。

与此相类似,《松》的观察亦堪称别致,但"只能是刺耳的松针"这一片语中的"刺耳"一词多少有些费解,写为"只能是尖锐的松针"或"只能化作尖锐的松针"似更为妥帖。

(三)

前文曾提及,在汪浩师弟这部《迷宫的回音》诗集里,译诗占了20余首,且译的主要是 T. S. 艾略特的诗,包括大名鼎鼎的《荒原》(The Waste Land)。这自是大手笔,显示了译者的自信与底气。

受本序文篇幅所限,这里不便讨论《普鲁弗洛克的情歌》(The Love Song of J. Alfred Prufrock,T. S. 艾略特的成名作)和《荒原》这类长调名篇,只能选取一首篇幅较短的译诗《窗口的早晨》(Morning at the Window)稍作剖析:

Morning at the Window

They are rattling breakfast plates in basement kitchens,

And along the trampled edges of the street

I am aware of the damp souls of housemaids

Sprouting despondently at area gates.

The brown waves of fog toss up to me

Twisted faces from the bottom of the street,

And tear from a passer-by with muddy skirts

An aimless smile that hovers in the air

And vanishes along the level of the roofs.（T. S. 艾略特）

窗口的早晨

在地下室的厨房里她们敲打着早餐的盘碟，

沿着街道被纷纷践踏的边缘

我感到女仆们潮湿的灵魂

在周围的大门口沮丧地发芽。

雾的棕色波浪向我抛过来那些

从下面的街道来的扭曲的面孔，

一个穿着泥泞的裙子的过路人的泪，

一个空洞的微笑在空中徘徊

消失在屋顶上面。（汪浩 译）

从上面列举的 T. S. 艾略特原诗和汪浩师弟译诗的对比之中，可以十分直观地感受到，汪浩师弟的译笔既堪称流畅，又走的是彻头彻尾直译的路数，显然是朱光潜（1897～1986）先生"理想的翻译是文从字顺的直译"观①的忠实信徒。

要是姑不论顺畅与否、首重逐字逐句译，那么，作家周作人（1885～1967）更应被汪浩师弟视为知己，因为前者曾有过"最好是逐字译，不得已也应逐句译……"②的主张。

---

① 朱光潜:《论翻译》,《翻译通讯》编辑部编《翻译研究论文集（1894—1948）》,第362页。原载《华声》半月刊1944年第1卷,第4期。
② 周作人:《文学改良与孔教》。可参见陈子善、张铁荣编《周作人集外·文》（上），海口：海南国际新闻出版中心1995年版，第284页。1918年11月8日，周作人在答某君信中，将他自己与鲁迅的直译主张概括如下："我以为此后译本……当竭力保存原作的风气习惯语言条理，最好是逐字译，不得已也应逐句译，宁可'中不像中，西不像西'，不必改头换面。"（原载于《新青年》5卷6号）

其实，从中国进入近现代社会以还，主张直译最力的应首推鲁迅（1881～1936）。作为以"信"为鹄或旨归的译作家，鲁迅曾这样说过："至于供给甲类的读者①的译本，无论什么，我是至今主张'宁信而不顺'的。"②"译得'信而不顺'的至多不过看不懂，想一想也许能懂；译得'顺而不信'的却令人迷误，怎么想也不会懂——如果好像已经懂得，那么你正是入了迷途了。"③"我要求中国有许多好的翻译家，倘不能，就支持着'硬译'。"④"自然，世间总会有较好的翻译者，能够译成既不曲，也不'硬'或'死'的文章的。那时我的译本当然就被淘汰，我就只要来填这从'无有'到'较好'的空间罢了。"⑤而鲁迅所说的"宁信而不顺"的"硬译"——曾被梁实秋（1903～1987）等人贬为"死译"，其实也就是与所谓"意译"（或乃至颇具贬义色彩的"曲译"、"歪译"）相对的"……按板规逐句，甚而至于逐字译"⑥的所谓"直译"。

而若逐行逐字检视汪浩师弟的如上诗歌译文的话，就会发觉，他的确是如上先行者逐字逐句直译原则的严格践行者［当然，tear（from）一词被译成"泪"，应是一个 typo 或小疏忽］。

记得在某一版的《〈荒原〉译者题记》中，汪浩师弟也曾这样写道："近日诗友在读《荒原》。我发现网上的中译本要么不是很准确，要么译

---

① 这里的"甲类的读者"，乃是鲁迅所谓"很受了教育的"的大众，有别于那些略能识字的和识字无几的。

② 鲁迅:《二心集·关于翻译的通信》,《鲁迅全集》第 4 卷，北京:人民文学出版社 2005 年版，第 391 页。

③ 鲁迅:《二心集·几条"顺"的翻译》,《鲁迅全集》第 4 卷，第 352 页。笔者对原文的标点做了优化处理。

④ 鲁迅:《南腔北调集·关于翻译》,《鲁迅全集》第 4 卷，第 569 页。

⑤ 鲁迅:《二心集·"硬译"与"文学的阶级性"》,《鲁迅全集》第 4 卷，第 215 页。

⑥ 鲁迅:《二心集·"硬译"与"文学的阶级性"》,《鲁迅全集》第 4 卷，第 204 页。

者的解读和我不一样。故此直译此诗，供读者参考。"可见，他本人的确是有相当鲜明的直译自觉的。

虽然汪浩师弟和笔者都是朱光潜先生"理想的翻译是文从字顺的直译"原则的信奉者（姑不论是否自觉或自觉的成分有多重），但汪浩师弟显然更侧重"直译"二字，而笔者更侧重"文从字顺"四字。

如下是笔者不尽成熟的一个试译本，算是为读者理解作者 T. S. 艾略特和译者汪浩师弟提供一个小小的参照。

窗前之晨

女仆们叮当弄响底厨的早餐盘。
沿着脚步杂沓的街边，
我感到她们湿漉漉的灵魂
在院门口绝望地发芽。
一阵阵褐色的雾从街的一端
抛给我那些扭曲的脸，
又扯下一个泥污满裙的路人
茫然若失的笑颜。
它在空中盘旋，消失于屋面。（于慈江 译）

2018 年 9 月 8 日，北京

前言

人、反省，和历史使命是这本诗集的缘起。

人与动物有别，因为人有自我反省的能力。人能感到自己不只是肉体，意识到自己在行走，心房在跳动，自己在活着；人能为天上的月亮而生情，为残花而悲哀，为流水而心动。

人群与动物有别，因为人有自我反省的能力。家族，群体，国家，生生息息。人能感到时间在流动，历史在前进，社会在生存，群体有危机；人能怜悯他人和自然，坚持信仰和希望，做出奉献和牺牲；人能看到自己的不足，并因之改变群体的行为。

许多人虽然能够学会复杂的智能，解决高深的问题，记忆超群，妙语连珠，却没有自我反省的能力，于是只能停留在智慧动物的阶段，而达不到人应有的境界。

所以，我们应该多写诗，写诗是自我反省的绝好方式。艾略特是一位通过写诗来自我反省的大师。他的诗有极强的时间和历史感，比如他写的《荒原》，通过古来今往不同时代的声音来陈述人类的变化和遗失，通过他永远批判的犀利眼光，反省和警示了人的世界。

2018 年是北京大学建校 120 周年，2019 年是五四运动 100 周年。北京大学的建立，为中国社会凝聚了一批最富有批判精神的人，正是因为这群人对历史和中国的深刻反省，才发生了改变中国历史的五四运动。

今天，中国社会已经不同，我们还应该不断反省——中国的社会在向何处去？我们是否实现了五四运动的历史使命？

汪 浩

2018 年 9 月 9 日于广州

达哥的诗

语言的共振：
源自双语的中文诗

历史的风　把我们的影子吹向远方

五方宫

时间又要把这一刻
掀起来带走了
我印象中的你
和你印象中的我
重叠起来

历史的风
把我们的影子
吹向远方
风褶皱了记忆
把图案揉乱了

还找得到对方吗？
时光的折射里
隐隐约约
是那双握着的手
和失望的眼

没有选择
我的远方和你的

不会被放在一起
也不知如何把彼此
封存在各自的故事里

如果有双手
翻过远方记事的竹简
将找不到唯一
找到的是永恒的偶然
竹简上也不会有泪的痕迹

2016.3.30

春天十四行

题记：读张枫春天短歌后即兴而作。

春风摇动了黑树的枝丫
传来大地苏醒的喃喃自语
像是释放了冰冻的情歌
凝固的眼泪，被风托起

还有地底神秘的吼声
刚要见到蓝天和白云
却被绿色的芳草劫去
藏音于纤美，一泻千里

五彩的郁金香
在潺潺小溪的唇边奏出和声
寻找着减压后的耳际

枯林里尚有不忍离去的过去
我隐约听到了断续的哭泣
飘来的香气突然刺痛了心绪

2016.4.22

秋天的歌

色彩

在淡淡隐去，

留下日益沉重的生命；

秋卸下了树叶，

也卸去夏的背影；

夜一定哭得痛心，

雨过了许久，

清晨的泪还很晶莹；

星星远遁，

梦醒时分，

皓月空明；

空荡变得越发无垠。

色彩

洒到空荡的边际；

秋凉是铺展开的被子，

把梦覆盖在被底；

星星在旋转，

夜充满了大地；

雨把残叶卷起，

山谷潜入梦里；

皓月空明，

如炊烟袅袅，

空荡正在占据天际。

大地的孩子都去了远方，

苹果、玉米、梅子、葡萄、

和所有的色彩，

都已踪迹渺茫；

它们定是去了天堂。

夜空里，

星星闪烁着它们的光亮；

早晨的残月，

在大地的沉梦里，

感觉着空荡；

雨来了，

忧伤的风在低声吟唱。

但是大地并不是

空荡彻底；

远去的早晚还会回来，

土中的白骨在解析；

那白骨，

逝去的将士，

还想在战场上服役；

尽管埋在土里，

没有星辰，

夜黑如漆；

白骨战士的梦很凝重，

凝重得士气高昂；

他已把千番风雨品尝，

仍然坚信，

地面是色彩斑斓，

屋顶之上，

永远是皓月明朗。

山谷在坚定地走向死亡，

地下的根却满是生机；

根呼吸着冷却的雨，

聆听着候鸟的呦嘀；

空荡的夜，

充满了梦，

笛声四溢；

闪烁的星星，

勾起对缤纷色彩的回忆；

雪将替换了雨，

山谷里将布满，

孩童的足迹。

尽管季节在冷却，

色彩不继；

但夜空里的星星，

满是欣喜；

生命的种子，

在无边无际的海里前进；

大地永远不会空荡，

秋雨的上空，

永远是月光如洗；

总会有梦想，

满是齐眉比翼；

总会有恋人，

缠绵树底。

2016.10.5

明月绝句：夜长

云清圆月朗，
潮涌暗沙凉。
行者东西异，
同吟此夜长。

2016.9.8

明月绝句：月远

情生混沌时，
离散未先知。
一日轻别过，
隔空望尔痴。

2016.9.8

明月绝句：空灵

顿日心难静，
烦云复雨淋。
夜得新月满，
空灵自然明。

2016.9.8

明月绝句：明志

光孝久听禅，
修得月秀圆。
夜深人寂寞，
明志点星蓝

2016.9.8

别处·重逢

为贺芳朗诵而作，记念北京大学 1986 级 30 年大聚。

当九道天门一同开启
我们终于再次相遇
在牵牛花瓣的喇叭声里
我们相互深情作揖

那红楼间的银杏
饱含着经年不忘的期许
未名湖畔的垂柳
荡漾着欣喜重逢的欢叙

深情交汇的目光里
掩不住荷花般圣洁的美丽
已然灰白的发际边
流淌出久别后深沉的回忆

湖面上的塔影
恍然昨日的风琴
悠远的琴声飘过白云
在未名的清波中

和青春共鸣

青春，是不朽的古酒
用迷人的醇香把新人浸透
也像忠实的恋人
永远牵着
你我不愿松开的双手

但转瞬
我们又到了依依惜别的时候
和完终曲的知了
唱空了躯壳
只为了，用崭新的生命
去迎候
与下一个梦想的
隆重牵手

九道天门慢慢关起
我们再次深情作揖
时空，
永远留在了
我们相会的岛屿
不忍带走
你我交汇缠绵的轨迹……

2016.12.12 改定

极地之光

飞机划过一道弧线，穿越极地
它的雷达，我的眼底
沿着黑暗的苍穹，寻觅
透过远方的极光
探索你的足迹

苦在无垠中寻觅
泪珠和瞳仁叠在一起
透过这潮湿的望远镜
远方的你仍藏在雾里

望不见，想象中的你也变得模糊
茫茫的思绪，浮起一面明镜
折射着你的目光，迷人的热度
格陵兰的雪原为之颤动
我的雪原，为之融化

渴望这炙热对雪的凝注
请你融化掉我的肌肤
我将不再痛苦

2016.10.16

冥界中秋

中秋满月的夜晚
是你最美的时机
狼人被圆月唤醒
却被你迎头痛击
我美丽的瑟菱啊
超越了所有夜曦
你就像骑着闪电
把力量撒满天地

我美艳的瑟菱啊
你神奇的皮衣裳
裹着冷峻的乳峰
和你胴体的修长
你那飒爽的黑发
刺裂了空空荡荡
你那湛蓝的明眸
净化了人的欲望

你足踏摩天大厦
傲立在尘世之上
锁住你纤纤玉指

是那冰冷的钢枪
晶莹剔透的尖齿
折射着犀利月光
美丽撩人的长腿
速冻了七尺儿郎

我美丽的瑟菱啊
今夜你秀体芳临
蟾宫为了你洁白
婵娟为了你清明
在人间最冷时分
大地也寒彻如冰
你用爱切开一切
温暖了我们的心

在最黑暗的时刻
空气也黯然无颐
是你赋予了满月
殷实丰满的含义
你那俏美的鼻尖
割过月光的锐利
你丰满强大的唇
带来了我的欢喜

2015.9.16 [1]

---

[1] 中文诗已收录在《一啄一声响》，作家出版社，2016。

查尔斯河

让我到查尔斯河吧
当奥尔巴尼的天空沉重起来
当诺门河边最后的推杆走歪
当腐朽的冬天把雪挡在天外
当风想躲开跳舞的妖魔鬼怪

让我到查尔斯河吧
90 号上两串并肩的灯连
白的在左边红的在右边
这是地球晚间的项链
是千万行人的救生圈

让我到查尔斯河吧
流动的青春和朝圣者的灵魂
生动静脉少的是鸟多的是帆
这里我可以再一次沿河散步
她会洗去每个人心里的牲畜

让我到查尔斯河吧
让她再次把我洗净

让她的精神拍击我心灵的海岸
让我的心潮能够持久永远
让她喂我汁液来挑战鬼祟的荒原
让我把生命带回给奥尔巴尼的粉饰人间
没有人能永远阻拦
雪终究会占有冬天
冬天会还原树的脸
让世界把真理明辨

2015.11.20 ①

---

① 中文诗已收录在《一啄一声响》，作家出版社，2016。

独处重如山

题记：不只是萤火虫有生命最后的灿烂；不只是秋天的山可以火红。难以想象，小小的毅力，穿洋过海，把江河红透。

又一条三文去世了

她的鳞飞到天上

把云剁成相连的碎片

成为纪念她曲折往事的墓尖

几架飞机割过天空

划出安静的悼词

当她离开地球的气囊

山深感其重

她最后的灿烂把森林的颜色

变成了她的河床

红色的兄妹们在那里翻腾

她最后的旅程

长游三千里

高攀两千米

令人忘记呼吸

那些打劫的灰熊

也一定感觉到了

她的独处比山还重

因为这个娇小的生命

有颗穿越了大洋的心

2015.10.25 [①]

———

① 中文诗已收录在《一啄一声响》, 作家出版社, 2016。

兰陵王·晚秋绚

晚秋绚，枫叶随风画遍。
光阴转、白发渐增，似水流年镜前散。
心明志亦远。
无怨，华年久恋。
如茶淡、冬去夏来，常续情缘胜初见。

燕园彼时岸。
劲塔护红楼，湖映云汉。
廊前银杏成双伴。
慷慨事多变，寂寥时刻，相濡以沫问慰暖，
此生再无间。

行健，景多换。
患难若寻常，与子携挽。
连枝比翼当时愿。
卅载逝如箭，谷幽琴伴。
婵娟相映，夜已静，梦更远。

2016.11.21

兰陵王·又冬至

又冬至，冬至白山枫逝。
鲜湖静、松果闲陈，不见寻常漫游趾。
查河暗色滞。
最潜大洋之势。
北风落，寂寞寒鸦，瑟瑟愁云淡孤日。

冬至，雪将释。
伴落叶归根，融脉泽籽。
万般生命回头始。
任秀岭披蜡，劲松含翅。
无边混沌粉中饰，
冰冷酿新世。

冬至，慰贤士。
愿寒促练历，苦助平治。
扬眉仗义明初誓。
念天涯咫尺，寰宇一室。
浮生如梦，斗战胜，更远志。

2016.11.21

大选之夜

想象中的雪花

环绕着广州塔

宁静、微妙、流畅

没有闲暇

墨水撑开的

天空和珠江之间

榕树听话地

把梳开的胡须垂下

想象中的雪花堆积到

坚定的河流上

融入成群前行的鲈鱼中

它们想必是河流的主人

学会了和青鱼共处

还和鲢鲤鲮鳙趋同

它们的鳞片

沙沙作响

像天堂的羽毛

装点了鲋鳊的雍容

突然

倾山的螃蟹

在水下蔓延开

它们疾步前行

飞掠水底的泥脉

它们信誓旦旦

同仇敌忾

它们横空出世

穿过泥浆

占领了河的胸怀

河在抖

我也在抖

鲈鱼在颤抖

我没投票

我感冒了

2016.11.8

茶舒叶展柔兮

"世溷浊而嫉贤兮，好蔽美而称恶"——离骚

茶乃天之灵兮　　香茗不拘其形
茶舒叶展柔兮　　美贤而去溷浊
诗情茶助爽兮　　白纸平摊如云
云吸墨成歌兮　　诗烟漫卷茶意
杯中藏林园兮　　碟似一朵葵花
瑶草扇芳香兮　　神似花间蜂蜜
壶中阔如洋兮　　色乃翩翩海葵
新芽诱龙王兮　　双锯游离绿云
闲鼎撑九天兮　　清笼薄云辽阔
飞机传野意兮　　雨焙月之静夜
茶浓情更真兮　　碗乃飘逸仙椅
恋人如绿尘兮　　卿卿吻吻纷醉
茶舒叶展柔兮　　永不折叠停滞
田野葱翠浓兮　　高楼为之杯缘
操场气暖烈兮　　林木镶之边际
游戏儿童清兮　　公园为之环抵
苍鹰尽翱翔兮　　翠谷为之茶皿

貂鱼飘飘远兮　五湖浸其麦芽
茶乃天之灵兮　香茗不拘其形
茶舒叶展柔兮　美贤而去溷浊

2016.2.27[1]

---

[1]　中文诗已收录在《一啄一声响》，作家出版社，2016。

雨　木棉　你

你知心的抚摸，传来缕缕甜蜜
留给我的温暖，将不会散去
你牵着我，走过那一段黑暗
直到黎明，带来一丝春意

熟睡吧，你的眉心神的安逸
帮我甩掉赘叶，向上燃起
烧退满城的乌云
我的木棉不再感到重力

寂静中河在流淌山在哭泣
沉睡的你，呼吸着柔和的气息
我渴望进入你的梦里

躁动的海已经臣服于我们的晨曦
梦中的你可曾感到，这无声无息的雨
还有那一行雄健的大雁，掠过天际？

2017.2.18　广州

踏波而去歌

浮生终日晚，举步欲凭阑。
漫道平跋涉，凡尘散尽欢。
喧嚣不入耳，举目遁三观。
空寂延高岭，清明澈宇环。

恩仇全忘却，脉动返自然。
未怪熬煎久，原知世事难。
倏然无爱憎，彻悟信和嫌。
参透人生苦，无心染迷烟。

清风融恶语，玉树扫流言。
坦荡平沧海，归心镇险山。
轻霞萦素绕，空色已归原。
世界无垠阔，时空渺渡船。

苍穹皆荟萃，伴我越幽圜。
戮力激扬处，禅音促褶澜。
今朝同古翌，过往继开源。
举目邀星宿，昭晰冥汉间。

2017.10.31

枫叶和大麻——红色遗传学

在试图破译
由 30 亿对核苷酸碱基
所有嘌呤和嘧啶
组成的基因组序列
并推算人类
那 125 兆字节的变异时
我开始怀疑
枫叶和大麻之间分歧
本来没有秋夏之间的枫叶
那么温和又鲜明

这不是关于
大麻酚与叶绿素之间的区别
而是追求感知与反思之间的对比
好像吸毒后的快乐
和让人安居乐业的
风景秀丽是相反的两极
这是危险与美的对立
是品格上的分歧

于是沉稳而伟大的画家

坚持要用思想弯曲

来让千百万人相信

世界是火红的

反不如宁静自然的表兄弟

通过允许那些在

一片幽静枫树林里的

枫叶自由地与风共舞

从而在我们时代的平静水面上

在那些我们梦想山峦间镶嵌着的

感性的湖泊上

以清洁、干燥，和凉爽的方式

烙上世界最美的红色

2017.10.29

雨霖铃·春晖仙散

春晖仙散。

离离寸草，泪眼迷暗。

相执姐妹寻忆，忧思未逮，心音凌乱。

只道创伤似旧，却惊痛难断。

痛难断、凝咽悠柔，曲和凄凉声声半。

云游赤子难觉憾，到头来、

路苦无人唤！

蓬门此去深掩，风雪夜、月孤云淡。

天上人间，应恨、尘缘最负相盼。

便纵想背母高飞，竟永成幽幻。

2017.12.30

传统的传承：古体诗词

艳阳天，新木不浸旧时烟。

汉瓦秦砖，土砾重建，似从前。

咏荷三首

之一

都说眷爱数鸳鸯
未见新荷漫古塘
护衬芙蓉多丽影
青君静卧水中央

之二

无边恶水漫山来
望断幽州五谷埋
为救人间多苦难
空明唤起九莲台

之三

银湖泛日灼
绿掌映青萝
菡萏莲台坐
兰舟倚棹泊
风摇花影错
雨打叶声多
月舞婵娟落
蛙鸣伴梦荷

2016.6.13

念奴娇·忆屈原

顺阳高注，又时逢端午，龙舟飞渡。
百越之鱼睁泪眼，叹汨罗沧桑处。
怀念屈原，含沙久去，了却凡间苦。
寄情箬糯，怎知鱼亦呵护？

荆楚热血英雄，精忠国事，无奈昏君误。
更有豪杰惜项羽，多叹鬼雄归宿。
不耐平庸，断然而去，豪气存千古。
水晶宫里，可超脱世间苦？

同心祭奠步难迟

"忍看朋辈成新鬼

怒向刀丛觅小诗"

未定梵音泊异域

同心祭奠步难迟

2016.6.9

尘识

题记：喜欢错河师弟活用古体诗，遂添一首以和，旨在环境保护。

黄河入海复循环

自古漫游天地间

苍茫远山

都曾见

一览古今

荣衰替换在中原

浮土本来归净源

如今不得其门还

尘嚣乱

无端产业损无边

森林散

久承其重不绿蓝

失土于我

待重转

锁身海边

环球热

雾霾山

若非数滴雨团圆

帝都不可见蓝天

人不知

更新难

千年风水毁一旦

黄沙附体苦难言

庸人目短鲜听劝

观沧海

尺度无限

万年冰河消融慢

再省人世

生死只是百年间

莫等闲

长恨晚

一朝生气断

环球更新千万年

来时智者非人猿

生与死

一念悬

为子孙

多节俭

救宇寰

犹未晚

三十年

可叫日月换新颜

得道与我旷古游

天苍苍

野漫漫

2016.7.4

别处重逢诗二首

别处

夏日愁莲尚未馨，
平时绿藕已铭心。
同窗四载乡音近，
陌路来年景象新。
壮志凌云席上辩，
无言紧闭镜前唇。
燕园别后星追月，
偶忆湖边柳絮亲。

重逢

日月腾挪四海闲，
春风已忘旧时颜。
相逢笑侃桃花面，
忐忑之余挚友还。
踏遍江湖凭志远，
曾经历练气昂轩。

同行卅载皆文士，

五岳千山指弹间

2016.6.28

和黄浦江之未明雨落未名湖

未明雨落未名湖，
水涨船低雾掩途。
曲径不通幽静处，
荷塘渐远老蕖芙。
人云聚散平常事，
怎道沧桑不等奴。
切盼新人拨乱柳，
故园塔秀故园殊。

2016.7.24

和谭磊北方大雨

皇城一日雨，
庐莘夏时灾。
瀑布低屋挂，
拂干复漫来。
夫勤庭院窄，
母揽幼儿怀。
天远不识苦，
风平水亦塞。

2016.7.24

戚氏·艳阳天

题记：夏日游大同古城步行二十公里缅怀

艳阳天，新木不浸旧时烟。

汉瓦秦砖，土砾重建，似从前。

难圆，景移迁，如尘锦绣浮云纤。

人情自古多怨，怎奈何岁月难堪。

魏晋风格，隋唐气象，未随万物生衍。

苦垣残情断，尸骨无怜，频换人间。

心散，上下千年。

皇朝替换，多贻害民权。

家国迫，胡服骑射，苟且平安。

承佛缘，拓跋问鼎九川，云冈塑像石磐。

若非鲜峪，易主更张，便与堞阙沟填。

聚散一息间，高原骏马，剑气青山。

但顾王朝代谢，屡夭折智慧少平安。

顽愚混沌斑斓，筑城万千，常毁于夕旦。

盼变革横扫陈年懒。

尊自治、藏富田园。

竞创新、指日争先。

信存民主众智如山。

五千年短，鲲鹏翅展，浩宇无边。

2016.8.6

酹江月·处暑未央

花都景慢，盼秋凉、遍野蝉鸣还驻。

一树葱榕坠褐缕，雷雨瞬蒸清雾。

赤日陈祠，白云越秀，潺透南国暮。

楚天辽阔，未曾愁浸晨露。

纵览近代风云，波澜跌宕，源溯此熔炉。

贸易移民开门户，洪王北上黄埔。

构建民国，新华再造，屡指强国路。

草根争茂，峥嵘焉知寒暑？

2016.9.1 广州

念奴娇·莺啼谷响

莺啼谷响，破青山晨暮，暂消幽寂。
飞水潭前无匹鸟，还道世薄情义。
竹翠蝶飞，行单影落，梁祝不堪忆。
飞泉无意，引危石咽且泣。

余却健步登攀，望东升日，同竞光阴技。
纵使凡人生短暂，敢踏青山而立！
藤绕根缠，不离不弃，怎越洋腾地？
悠悠江月，古人邀我同祭。

2016.9.11凌晨登鼎湖山铭志

雨霖铃·长空凄冽

长空凄冽，四度南北，最感催切。
频传老父病苦，惊闻愕讯、心驰身越。
挽手相安反慰，笑言志如铁。
发尽白、经久消磨，熠熠长眉暖寒夜。

远离万里亲情倔，待相逢，却未能欢悦。
一朝九冥相间，谁与我、共圆秋月？
此去经年，因是、黑头淡发同谢，
未觅再寻尔风格，可显青眉阙？

2016.9.22

秋殇

从来忠孝难如意，
咫尺江湖万里空。
病榻传音急似火，
秋风四度北南重。

家严坎坷应无计，
澹澹碣石傍海隆。
叶落寻泥终不悔，
新生蓓蕾与根同。

2016.9.26

九月赴美办事省亲

新别三两月，
相念又相思。
志忑不由己，
江湖患乃失。
白云无尽处，
铁翼漫翔时
极地盘旋促，
归心最怨迟。

2016.9.29

沁园春·致诗友

唐宋遗风，战乱侵蚀，断代尚存。

任饱经忧患，救人振世，不移贫贱，率性成文。

显隐风格，激扬意气，不是平庸市井人。

曾孤寂，纵曲高和寡，定气凝神。

多逢百态炎凉，最珍贵宽容淡定心。

愿理分莫弃，情同不腻，心虚共济，谷静知音。

诗汇东西，时移景异，世纪纷呈指日新。

吾何幸，有同学挚友，润笔为邻。

达哥和陈晓壮 2016.11.17

黄鹤楼

名楼入世惜黄鹤，
却见长江代代愁。
翘角凌空长翼惑，
重檐遮日半山忧。
龟蛇犹记吴国恨，
历代轩廊不再留。
目睹风尘多少事，
人间恩怨几时休？

2017.1.8

崂山太清宫

观石难醒悟

眺海绿篁边

暮远空玄秘

台高世事闲

凌霄援古木

绛雪秀灵山

道士穿墙去

仙人伴柏眠

2017.1.11

永遇乐·元宵感言

明月当空，元宵同庆，笙酒歌处，
玉兔释怀，茱萸共嗅，暖意盈杯箸。
素云遮梦，苍茫大地，远近幸福平渡。
卷层帘、华光乍现，世间没了烟幕。

炎黄再造，豪情澎湃，尽扫经年顿苦。
慷慨之间，未曾了断，兄弟萧墙痊。
若失惆怅，已非唐宋，又觅精神之富。
看能否、聪明放起，免其怠误。

2017.2.11

雨水

南国春益早
满树雪樱开
雨细无声入
天清雁阵来
原知冬日短
早忘冷时哀
古涧寻源济
新苔覆旧苔

2017.2.20 广州

惊蛰

蛰居无耳力
混沌怎听雷
雨润滋栖地
根伸暖复回
先得芳草绿
再把杜鹃催
锦簇黄昏霭
云低故燕飞

2017.2.26 香港

永恒的追溯：现代诗歌

四周的夜幕在嗡嗡声中变得格外清晰

冬天走了　春天来了

冬天走了

寒冰的剑了无踪影

松开了天地间的剑鞘

春雨从云里拧出阳光

无声地冲到地里

大地苏醒了

泉水失去了压力汩汩升起

　　我在田野里听到无声的歌

　　不再有痛苦

　　因为那不是火

冰雪走了

逝去的勇士融入大地

那里死亡和生命握了手

芽用绿色的鲸鱼尾翻开了土的海洋

风把一簸箕麻雀洒进田野

　　田野也听到了我无声的歌

　　不再有忧虑

因为那就是我

春天来了
鲸鱼尾找到了树梢
那里深沉和飘逸握了手
芽用绿色的蛹点化了树的骨节
夜把一北斗星星洒进银河

我和田野看着张开的云朵
不再有寒冷
只有春天的歌

2016.3.24

妈妈，我的记忆的尽头是你

昨天的小圆木被抛到湖里
天亮时又漂回温馨的树底
妈妈，我记忆的尽头是你

儿时课桌是木板被砖头支起
你给我的布包里放了书和铅笔
妈妈，我记忆的尽头是你

大学的一天你欣然现身楼里
食堂里我才发现你从不吃鱼
妈妈，我记忆的尽头是你

昆明湖上母子泛舟碧波涟漪
你告诉我你从来都担心到湖里
妈妈，我记忆的尽头是你

当时光会锯断我这棵老树
层层年轮都被最外围包起
妈妈，我记忆的尽头是你

也许某一天我不能把一切记起
懵懂中圆月会勾起我的回忆
妈妈，我记忆的尽头是你

当生命从我这捧海水蒸起
掌心里剩下的只是盐粒
妈妈，我记忆的尽头是你

2016.4.20

狮王之爱

我在寻找你的声音
放下猎来的吉拉夫
任凭伙伴们虎咽狼吞
我眺望着远方
过滤着每盎司的黄昏

我在寻找你的笑容
放弃了就擒的斑马
想追逐你迷人的阳光
我饶恕了恼人的瞪羚
想要咀嚼你的体温

我在寻找你的香胴
没有日夜也没有远近
我的目光一直在搜寻
撒哈拉已冷暖数千重
我只想吸吮你的甜唇

你的遥远让我疼痛

你的秀体总让我心动
你的凝眉欲嗔还微笑
你的曲线比月更圆润
你的脚步比风还轻盈

渴望你金发随风在飞
渴望你双耳玲珑脱俗
渴望你明眸幽静湖水
渴望你玉齿明光秀美
渴望你乳房温存善哺

我想触摸你灼热风情
舌尖上渴望你的温馨
在天地间我踱来踱去
惹得那鼹狗胆战心惊
为了找到亲爱的你
我将踏遍每一片绿影

2016.4.17

九曲黄河之一

君不见黄河之水天上来
奔流到海不复回
李白

我的母亲在高山里
我的母亲在大海里
我的开始就是我的归宿
生死之间我桀骜不羁
率土之滨我一望无际

"一切都是矛盾，
一切将会统一"
母亲给了我中原
我紧紧盘住不愿失去
开始感应龙的传奇

突破了南边的堤
我认识了不回家的大禹
来到北方宏伟的墙壁
我听到了孟姜女在哭泣

人的苦难啊轮回交替

永恒的中原留不下笔记
来来去去的人没有记忆
不见商鞅把血滴尽
青冢之上却又扯起大旗
忘了秦王本是沧海一粟

我的父亲在湖泊里
我的父亲在云朵里
我的南岸就是我的北岸
我的天也就是我的地
我不知道什么是叹息

杨柳不该埋怨羌笛
我的秋衣是黄沙万里
古人云
我的曲折尽显平坦
人间的风浪才又湍又急

人们自己能尸横遍地
新主踏破了旧主的阶梯
雪亮的钢笔远胜枪筒
在不流血的演说里
屋顶上的瓦正变成灰砾

肥沃的草原坦荡无比
牛羊很快会把屠宰忘记
畜牧人最能乱用铁骑
右手把洪水关进笼子
左手又要把封条揭去

我掀起浊浪把黑山冲洗
我的呼声在壶口乱石里
为了冲散世间的迷雾
我跌宕起伏不遗余力
还唤来火和雷两个兄弟

2016.4.7

九曲黄河之二

举世皆浊我独清
众人皆醉我独醒
　　屈原

我的灵魂在流水间
我的激情在瀑布里
远方激活我的波澜
惊涛骇浪一往无前
生命之水永不停息

我听到岸边的杜鹃在悲戚
自由昭临处，
欣欣迎日华
是落差吞噬了顽砾
我的身躯本是泪滴

纤夫是聋哑的伴侣
听不见怒吼的大地
总把泥里的帝王拉起
我冲刷着被帝王毁坏的玩具

看到了聋哑的奴隶腐烂在河底

有的男人坚如磐石
有的男人软若淤泥
我是水做的烈女
每当磐石销声匿迹
我是世间唯一的独立

聋哑工匠凿出巨大石器
气势宏伟还放着光明
却唯恐听到巨石杜鹃的犀利
淤泥里那粒生锈的子弹
把杜鹃的声音锁起

亦余心之所善兮
虽九死其犹未悔
古人云
与天地兮比寿
与日月兮齐光

炎炎烈日把芳草烧尽
杜鹃的泪把云伞托起
为人世她蒸发了自己
寒冷的夜晚她回到河里
与那里的姐妹再次相聚

北方的寒冰南方的和煦
原是美丽歌喉的两翼
我用满天的霞光
把她的双眉和脸颊妆起
让她的歌声永远留在河里

我是她舀不干的水
我是悲伤而欢乐的生气
她给了我滔滔不绝的抗争
我给了她旷古永恒的安逸
伴随着混沌的中原万里

2016.4.29

九曲黄河之三

题记：父亲节致儿书。

黄河落天走东海
万里写入胸怀间
　　　李白

我的年龄旷古久远
我的精神新如少年
我上下求索从不间断
一生理想卓越冲天
永不甘为静固冰山

河纳百川有容乃大
山立千仞无欲则刚
男儿自立须怀倔强之气
愿尔之胸怀宽广如席
兼容并蓄纳长河之壮丽

水之性平方历山之险
河不好长可避池之浅

男儿修身须端庄无妄
欢乐常淡无失明之眩
失意多忍不苦若屈原

水之习勤可远浊拒朽
水之性俭方一脉清流
男儿处世须严谨宽恕
律己者可疏贪婪之忧
善恕者方无羁绊之仇

水育万物无一己之私
奔腾千里鲜角隅之贪
男儿立志须持之以恒
远游者不囿平常之欲
大志者怎可废于夕旦

子在川上曰
逝者如斯夫不舍昼夜
古人云
独宿则神不浊
默坐则心不浊

水之骨柔不囿于群山
河之势刚不散于平原
男儿正心须内刚外柔
柔不可守如雾之离间

刚不可久如山之固枢

水之无畏布天地之饶
河之宽广无溪涧之躁
男儿做事须无畏勿躁
心乱时且观河之沉毅
胆怯时静思水之卓越

河之长远源于希望
河之光明不因猜忌迷茫
男儿竞技须满怀新奇
愿青少年永葆河的生命
岁月会浓郁河的热情

2016.6.8

琥珀溶洞

梦中醒来，夜鸟在鸣
昨夜的酒架空着体温
琥珀黏稠里我在延伸
寻找你的香吻和甜唇

暴雨没有击碎那圆润
反而保护了穹内的风
穿越时空你我在交融
一起构筑着美丽的梦

我在咀嚼着你的玲珑
半透明世界里云和雨
激流冲击着你的包容

古老化石美丽的迷宫
你吹响那无声的羌笛
美妙音乐响彻了溶洞

2016.5.28

面包

长夜里你是我身边娇嫩的丝绸
吻着你的唇吻着弯月如钩
当晨风吹醒你身体里的涓涓之流
你会发现我是浸透了你的酒

你昨晚讲的话确实有点过头
我耳边还在回响着你嗔怒的时候
遥远的声音像柳条啾啾

任你有许多微瑕在白玉里游走
我偏偏喜欢牵着你的手
我对你将永远温柔
我喜欢你的生命像面包一样醇厚

我把你涂了一层黄油
又抹了一层草莓红透
我把你放在嘴里，一口又一口

2016.6.13

初夏

如果你想安详
我愿意变成夕阳下的牧场
好让你的声音
淹没闹市所有的喧嚷

如果你想看夜间的五彩
我会捧起落日的一缕光辉
把它揉成美丽的藜麦

如果你寂寞
我会让微风传给你我的脉搏
好让你的手指
感觉到那颗属于你的心在期待你的触摸

如果你还想见我
我会游过我们之间那宽广的河
教途中的鱼合唱聂鲁达的歌

2016.6.12

相对论

题记：有感于仓央嘉措的爱情，作诗一首献给天下苦于离别的情侣。

当我们肌肤相亲
爱把世界变得很大
我们听到了日月的对话

当我们远隔千里
爱把世界变得很小
我们感觉到两人的心跳

当我们肌肤相亲
我们想得很多很多
我看你看得很模糊

当我们远隔千里
我一遍一遍地想你
我看你看得很清晰

当我们肌肤相亲

时间过得很快

我们顷刻间到达永远

当我们远隔千里

时间过得很慢

我们好像等不到明天

2015.5.2

美丽的狱卒

镜子飘来看我
散发着劳顿和丰逸
脚下红毯侧耳静听
在我身旁
她屏住了呼吸
我的心跳到镜子里
拥抱着迟到的神韵

职责锁起了渴望
我带她去寻山顶的云
夜耽误了雨
短暂的独处
墙上的长老们很安静
静得钟声四起

她的倦容里有我
我还在把握
矜持任性的脉动
不愿被镜框关起
她顽强地走了

也带走了里面的我
我胸怀博大如海

我是野的
没有牢笼能关得住我
端起那杯咖啡
向前走去
人问我为什么要去监狱
我说"那里的墙上，
狱卒很美丽"

2016.4.6

夏夜里你的声音

梦里，思绪的火把时空烧得波纹四起
像沸腾的玻璃，黏稠，紊乱，茫无头绪
孤独本该静止，忧伤的温度也应该很低
但一切都挣扎在黑暗里，直到传来你的声音

于是我醒了，玻璃已经凝固，满天的雨
萤火　繁星　浓雾　月光在聆听
你的声音催落了最后一拨雨滴
我的心开始吞吐安宁，四周顿时变得透明

体内的河水潺潺，响应着你
蒸起来的浓雾，流动的暖意
眼里尘埃不染，反射着天空里点点繁星

思念被河推动，开始吞噬你的声音
煅烧着的剑开始淬火，与你共鸣
四周的夜幕在嗡嗡声中变得格外清晰

2016.7.2

离别

在九道天门一齐开放的时刻，我们再次相遇；
牵牛花的喇叭声里，我们对彼此作揖。

那红楼间的银杏，饱含着经年的期待；
未名湖畔的垂柳，不再是惆怅满怀。

重逢的目光里，盛开的荷花在一起欢歌；
灰白的发际，流淌着久别后的长河。

湖面上的塔影，恍然昨日，是风的琴；
荡漾的白云，在水里和青春共鸣。

青春，是不朽的古酒，把又一代人浸透；
却像忠实的恋人，永远牵着你我的手。

但瞬间我们又得招手作别；
和完终曲的知了，唱空躯壳，与梦想摇曳。

九道天门依次关起，我们再对彼此作揖；
时空吞下相会的岛屿，带走了你我的足迹。

2016.7.31

漫步珠江

傍晚，放下诗歌，我选择了江边的行走
举步轻快，热风成了我的衣袖
抛下万胜围的熙攘和喧嚣
脚下的乔丹，点击着大地的颤抖

我在走，岸边的灯火，静听着欢乐的歌
葱葱的草，在散发着一整天的热
背后石凳上的小伙
手里捧着一方亮屏，衬托着脸上的欢乐

我在走，已把很多人抛在脑后
轻轨驶过时，车里的人姿态平安
或许他们都年轻了
车上有欢乐的一对，男的静止，女的在旋

我在走，耳中的声音变得遥远
经过那边的岭南书展
思绪，变成万千飞逸的文字
编出了你我的故事，有的忧愁，有的灿烂

我在走，珠江上的船在翘首
美丽的月光，洒在猎德大桥的两旁
拱桥是张开的眉，迎着水里舞动的婵娟
路边的榕树，垂下柔柔的须，悠悠荡荡

我在走，成排的鱼竿在河边站立
渔夫肩上搭着 T 恤，鱼儿在远方随粼光迷离
钓得到的是那边的水桶腰，和这边广州塔的妖娆，
脚步已然响成木屐，面前是休斯敦的琶醍

我在走，心动如江水，思想点燃一支烟
风带走了许多点亮过的灯盏
迎面而来的又是那对男女，男的静止，女的在旋
披满灯链的烟囱，上方多了明月如盘

2016.8.22

每个人

每个人的凡人之身里，
都有一个随心飘动的精神，
像一片优雅的丝缎，
能被清风卷去；

每个人的浮生之梦里，
总有一番惊心动魄的追逐，
像一场不朽的战争，
成败不在一时；

每个人的凝眉之心，
还有一种岿然不动的执着，
像一方万钧之磐石，
任凭风浪撼动；

每个人的寂寞荒原上，
该有一枝属于自己的玫瑰，
像一句悠扬的诗句，
温暖整个时空。

2016.9.4

然而，我遇见了你

我曾经是黄土，倔强得安静
宁可冒着坍塌的危险，也要直立
然而，我遇见了你
我任由雨水冲刷成泥

我曾经是海洋，躁动而宽广
宁可填满所有沟壑，也要落得坦荡
然而，我遇见了你
我荡起波浪漾着霞光

我曾经是月亮，执着又不安
宁可转遍黑暗的天穹，也要追逐圆满
然而，我遇见了你
我安心关注花阴下的容颜

我曾经是秋风，山野的诉求
宁可放弃满地的丰收，也要云游
然而，我遇见了你
我开始品尝屋檐下的美酒

我曾经是雪花，孤高且冰冷
宁可囿于数面棱角，留住六分天真
然而，我遇见了你
我融化了，成为大地和根的精神

所以，遇见了你才有了我的开放
开放的岁月里世界充满芳香
芳香中的万物我却无法独享
因为遇见了你，我不识残阳，忘了秋凉

2016.11.20

琥珀一样的珠江

在寒冬的时候
让我把行囊寄存在北方
让我来看这琥珀一样的珠江
透过漫天鳞波折射的光
让我看清宇宙的骨骼
和所有精灵的模样

让我作玫瑰吧
再给我达摩的碗
让我盛那美酒纯生
让我开放在冬天
让我是籁杜鹃吧
让我能抖动惠能的幡
让我点燃白云山
让自由燃烧在所有的冬天

快让我变成小孩
我好穿着蓝天
奔跑在琥珀边的岸上
给我一枝莲花的秆

让我到那同名的球场
一杆杆挥走所有人的忧伤
给我那江边所有的牡丹
让我寄回我们的故乡

给我所有的花朵吧
让我献给我最好的朋友们
是他们让我感到温暖
即使是在北方
让我把这里的紫荆花
带给北方冬天里的梅
让我用这里的木棉花
增补西方麦田里的清香
我还想把荔枝香蕉和龙眼
带给四面八方

在寒冬的时候
让我看着这琥珀一样的珠江
让文字带走那最忧伤的忧伤
在欢乐的时候
让我看着这诗歌一样的珠江
让诗歌带我去更远的远方

2015.12.5

二创之歌

鼓声响起二创的讯号

我们的事业　绝对不会停息

创业本是我们的磨砺

把真心融入　金色梦想里

双手接过人民的期许

奉献把忧心变成希望

永远都不知何谓艰辛

致力人民健康　风雨中携手前行

经住诱惑耐住了寂寞

二十年持之以恒　金域人能做到

如今世界因我们不同

行业已壮大　我们再次起航

成功的汗水浇灌未来

让我们同心　再把未来开创

双手接过人民的期许

奉献把忧心变成希望

永远都不知何谓艰辛

迎接光辉岁月　风雨中携手前行

真心接受创新的考验

再一次改变未来　金域人能做到

我们一起走好二创路
迎接光辉岁月　风雨中携手前行
真心接受创新的考验
再一次改变未来　金域人能做到

2016.12.15 [1]

---

[1] 作者曾任中国民企金域医学的集团副总裁，这首诗是2016年末为公司新的一年借用《光辉岁月》一曲填写的鼓舞士气贯彻战略的集团之歌。

阿佩利斯的诽谤

阿波罗不会承认

我是胜利者

他羞辱了我的耳朵

只不过加长了琴弦的和音

我还能听见

被我指点过的浮雕

在静谧中翻来滚去

是滚烫的鎏金

我还能听见，浮雕上的战争

半马人与孩子们嬉戏

夹杂着天使鞭策雄狮的声音

我也还能听见

马蹄声无法淹没的铿锵

女神锋利砍刀的刃还在颤抖

跌落了男人的头颅，还在呻吟

阿波罗不会知道

我耳边的无知和猜忌

挡不住智慧的光明

但阿波罗可能知道

嫉妒来临的时候

会在仇恨中呼吸

引来诽谤的火炬

我将无法坚信我的眼睛

翩翩而来的谎言

美得让人窒息

诡秘万变的纤云

整理着她华丽的服饰

秀发中梳过的

是机关算尽的手指

她很兴奋，散发着咄咄的快意，

被她拖拽着的

是正在追求真理的我

我在为拖着我的人祈祷

因为她不知道

当岁月洗去铅华

她将满身褴褛

她会忏悔

她将无法直视，真理永恒的美丽

而真理，本该是她自己

2017.1.7

密室情歌

题记：为了湿瓷绘 2017 年情人节诗歌朗诵会用仓央嘉措的
两首情诗改编而成。

如果痛苦的是相聚

你我最好不要相遇

如果痛苦的是相忆

你我最好不要相惜

如果痛苦的是相弃

你我最好不要相许

如果痛苦的是相欠

你我最好不要相伴

如果痛苦的是相思

你我最好不要相知

如果痛苦的是相恋

你我最好不要相见

但是，你我，注定要相爱

你见，或者不见我

我就在那里不悲不喜

你念，或者不念我

情就在那里不来不去

你爱，或者不爱我

爱就在那里不增不减

你跟，或者不跟我

你的手在我手里不舍不弃

来我的怀里吧

也让我住进你心里

让我们

默然　相爱

那一刻

我垒起玛尼堆不为修德

只为投下心湖的石子

我升起风马　不为乞福

只为守候你的到来

我摇动所有的经筒不为超度

只为触摸你的指尖

那一夜

我听了一宿梵唱不为参悟

只为寻你的一丝气息

那一年

我磕长头匍匐在山路不为觐见

只为贴着你的温暖

那一世
我转山转水转佛塔啊不为修来生
只为途中与你相见

那一瞬
我飞升成仙不为长生
只为佑你喜乐平安

月亮和地球

不知道哪个更痛苦？
月球从地球分离出来成为自己
还是
月球绕过寒冷和黑暗与地球相依
不能相拥又不能离去

不知道哪个更痛苦？
真空无法把声波传递
还是
在不离不弃的拖拽中
挤压出大洋上不休的潮汐

不知道哪个更痛苦？
短暂的月食把伴侣藏起
还是
当太阳绕过所有角落
发觉地球把月亮永远失去

2017.9.22

两个宇宙

酸痛的双眼
　退下了博士伦
　　端详
　　　　这陌生的黄昏
瞬间含泪的
　　落日的明眸
　　　失去了过去
　　　　也失去了未来
似曾相识的星星
　　不在天穹
　　　紫色的天空
　　　　在隐隐作痛
　　　　　…
紫色的生命
　　在虹吸中呻吟
　　　直到
　　　　最纤细的神经
　　　　　触到那美妙
　　　　　　陌生、温柔、
　　　　　　　年轻的宇宙

清新的乳晕

　　划过虹管的尽头

交错的阳光

　　敲打着

　　　　湿热的海藻

探索中的忘我

　　崭新的罗盘

　　　　交会的指针

弯道上的时间

　　滚动着

　　　　不属于我的苹果

　　　　　　和

　　　　另一个世界的香甜

2017.9.22

大地

没有开始，没有终结，没有边际
没有阴影，大地只有永恒的连续
历史凝结为真正的永恒
周的编钟在响，秦的铜马在嬉戏

没有朝代，没有种类，没有间界
没有彼此，大地是兼容的蒙太奇
是一首没有时间的音乐
陶冶着所有，未来和过去

凝视着将要收回父母的大地
寒风里，我逐渐变得释然
没有痛苦，没有失望，没有伤心

让我把我的骨血和心爱寄存给你
因为，你既是晋中，又是雁北
你是小的棉袄，少的梦想，和悲欢的泪滴

2017.12.27

水

零下好几度了……但我还在扛着
体内结出过冰凌刺杀着紧绷的神经
每一刀像斩割铁轨的列车带走了梦想
每一刮是隐隐作痛的失望

但我咬紧牙关把冰凌逼退了
虽然你可以带走水的渴望
留下冰层覆盖自闭的湖
但是我不相信我们只是为温度活着

我不相信这有次序的死亡
我不相信尊严能够被冻结
我不相信寂静里不存在力量

对不起，我会永远扛下去
你看那些被鼓舞了的细菌
它们因此变得更加顽强

2018.1.14

堪察加上空的回声

题记：飞行中的俳句

英雄

坦克像单触角的蜗牛
探索着屹立的勇士

同学

些许记忆
就能燃起陌路人的热情

四合院

方寸之间
锁住明清的故事

松

不愿被寒风夺去自由的叶子

只能是刺耳的松针

自大

用望远镜迷恋着古老的成绩
用显微镜看着西边的瑕疵

飞机

离开了路灯
却得到了晨星

2017.6.19

达哥的译诗

隔世的回音：艾略特的诗

隔世的回音

甜蜜的泰晤士，漫卷柔波，
　直到我唱完我的歌，
甜蜜的泰晤士，漫卷柔波，
　我声音不大，词也不多。
可是我听见身后的一阵冷风
白骨咯咯响，笑嘴合不上。

荒原

译者题记：近日诗友在读《荒原》，我发现网上的中译本要么不是很准确，要么译者的解读和我不一样。故此直译此诗，供读者参考。

献给爱兹拉庞德
他是更卓越的工匠

引子：我曾看见库米斯的西比尔女巫吊在笼子里，男孩们问她在做什么，她说，"我想死"。

一、死者的葬礼

四月是最残酷的月份，
从死去的土地里滋生丁香，
把记忆和欲望混在一起，
用春雨搅拌着呆钝的根。
冬天为我们保暖，
给地球覆盖上健忘的雪，
用干燥的块茎来延续一点生机。
意外的夏天，

随着一场阵雨，

来到斯丹博杰西；

我们在柱廊下躲雨，

然后在阳光下，

走进了宫廷花园，

喝了咖啡，聊了一个小时。

"我不是俄国人，原籍立陶宛，是德国人。"

当我们还是孩子，住在公爵家里，

是我的表弟家，他带着我出去滑雪橇，

我很害怕。他说："玛丽，

玛丽，抓紧了。"我们冲了下去。

在山里，你感到自由。

我整夜在读书，想去南方过冬。

在这乱石堆里，

什么根在扭曲，什么枝干在生长？

人子啊，你说不出，也猜不到，

你知道只有

太阳拍击的一堆破碎景象，

枯树没有遮蔽，蟋蟀不使人轻松，

焦石间没有流水的声音。只要

这红色的岩石下有一片阴影，

（请进来吧，到这块红岩的影子里），

我会让你明白，它既不同于

早晨随你健行的身影

也不同于傍晚起身迎接你的身影；
我要给你看到一捧尘土中的恐惧。

　　清爽的风在吹

　　吹到我的家乡

　　我的爱尔兰之子

　　你在何方
"一年前你最先给了我风信子；
他们都叫我风信子女郎。"
——可是等我们从风信子花园回来，很晚了，
你两臂抱满，头发湿湿，我
说不出话，也看不见，我
不生不死，毫无知晓，
一声不响，直视光的心脏，宁静
枯燥和空寂是大海。

索索思最夫人，著名的先知，
患了重感冒，但
她是公认欧洲最有智慧的女人，
拥有一套古怪精灵的纸牌。她说，
这是你的牌，淹死的腓尼基水手，
（那些珍珠曾是他的眼睛。看！）
这是贝拉多娜，岩石的夫人，
遭遇多变的女士。
这是带着三根杖的男人，这是轮盘，
这是那独眼商人，还有这张牌，
空白的，被他背在背上，

是不允许我看的。我找不到
被绞死的人。怕死在水里。
我看见成群的人，在圆圈里走来走去。
谢谢。如果你看见可爱的伊葵彤夫人，
告诉她，我会自己带着星相图：
这年头一定得小心。

虚幻的城市，
在冬天早晨棕色的雾里，
一群人流过伦敦桥，很多很多，
之前我没想到死亡毁了这么多人。
叹息，短促而难得，被倾吐出来，
而且每个人只盯着自己的脚前面。
人流上山，人流下到威廉王大街，
流到了圣玛丽乌尔诺的大钟
敲了九点钟死气沉沉的最后一响。
在那里我看见一个熟人，拦住他，哭叫道："斯坦森！
"你我曾一起在麦来的船上！
"去年你在你花园里种下的那具尸体，
"它发芽了吗？今年会开花吗？
"还是突然来的霜冻搅乱了它的花床？
"哦，千万要把狗撵开，那是人类之友，
"不然他会用他的指甲把它抠出来！
"你！伪君子！一我的同类，我的兄弟！"

二、博弈（一盘棋）

她坐着的椅子，像发亮的宝座，

在大理石上闪闪发光，明镜

由铸成果藤的支架托起

一个金色的丘比特从那里探出头来

（另一个把眼睛藏在他翅膀下）

明镜把七叉烛台的火焰变成两倍

把光反射到桌上

她的珠宝从缎套里倾泻出五彩缤纷

在桌上和那烛光交汇。

在象牙和彩色玻璃瓶里

瓶口大开，藏着她那怪异的合成香料，

膏状，粉状，或液体－困扰和困惑

把感官淹没在香味里，

被从窗外来的新鲜空气搅拌着，这些向上升起的

饱满而修长的烛火，

把烟雾抛入屋顶，

搅拌着的格子天花板上的图案。

巨大的含铜的海木

被烧成绿色和橙色，由彩石围着，

在这悲伤的光娓里一只木雕海豚在游泳。

在那古旧的壁炉架上展览

像似一个窗户让位于田园景象

菲洛梅拉的化身，因为遭到了野蛮国王

的强暴；但那夜莺

仍把沙漠注满了不容侵犯的歌声

她还在哭叫，世界也还在追逐，

"急啊急啊"不知情的凡人也能听到。

那些不可言传的故事

流传在墙壁上；凝视着

探出身子，倾斜着，就沉默了那封闭的房间。

脚步在楼梯上拖曳。

在火光里，刷子下，她的头发

摊开成激情四射的点点

烁烁成词，然后又猛然沉寂。

"今晚我精神很坏。是的，很坏。别离开我。

"和我说话。为什么总不说话？说呀。

"你在想什么呢？想什么？什么？

"我从来不知道你在想什么。想啊。"

我想我们是在老鼠窝里，

死人在这里丢了他们的骨头。

"这是什么声音？"

               门缝下面的风。

"那是什么声音？风在干什么？"

               没有，没有什么。

"难道你什么也不知道？你什么也看不到？

"难道你什么也记不得？"

我记得

那些珍珠曾经是他的眼睛。

"你是活着，还是死了？你脑袋里难道什么都没有？"

　　但是

哎哟，那莎士比亚小调

如此优雅

如此聪明

"那我现在该怎么办？我该怎么办？"

"我要冲出去，走在街上

"披着我的头发，就这样。我们明天该做什么？

"我们究竟做什么？"

　　十点要热水。

如果下雨，四点要封闭的车。

此外，我们会下一盘棋，

揉揉合不上的眼睛，等那敲门的声音。

丽儿的丈夫复员了，我说

我不讳言，我亲自对她说，

"快点吧，到时间了！"

现在，艾伯特要回来了，你得做好准备。

他会问他给你的钱你怎么花的

他让你整牙。是的，我当时在场。

你把牙都拔了吧，丽儿，换一套好的，

他，我发誓，实在受不了你的样子。

我也受不了，我说，替艾伯特想想，

他从军四年了，他想要欢乐，

如果你不给他，别人会给，我说。

啊，有别人，她说。差不多吧，我说。

那我就知道该感谢谁了，她说，瞪了我一眼。

"快点吧，到时间了！"

你不喜欢就随你，我说。

如果你不能，其他人可以挑选。

但是如果艾伯特跑了，别怪我没说到家。

你真不害臊，我说，看上去这么老。

（她才 31 岁）。

我也没有办法，她说，愁眉苦脸的，

都怪那些打胎的药丸，她说。

（她打过五个了，小乔治差点送她的命。）

医生说就会好的，但我已是另一个人。

你是个傻瓜，我说。

好吧，如果艾伯特不放过你，就麻烦了，我说，

如果你不想要孩子，你为什么要结婚？

"快点吧，到时间了！"

嗯，那个星期天艾伯特在家，他们吃烧火腿，

他们叫我去吃饭，要我趁热吃

"快点吧，到时间了！"

"快点吧，到时间了！"

晚安，比尔。晚安，卢安。晚安，玛雅。晚安。

再见。晚安。晚安。

晚安，女士们，晚安，甜蜜的淑女们，晚安，晚安。

三、火的训诫

河的植被已经没了：最后的几片叶子

已卷起来落到潮湿的岸边。风

吹过棕色的大地，无声无息。仙女们都走了。

甜蜜的泰晤士，漫卷柔波，直到我唱完我的歌。

河上不再有空瓶子，或三明治的包装，

也没有丝绸手绢，硬纸箱，或烟头

或其他夏夜的证据。仙女们都走了。

以及她们的朋友，城里老板们的纨绔子弟们；

都走了，没有留下地址。

在莱芒湖畔我坐在地上哭泣……

甜蜜的泰晤士，漫卷柔波，直到我唱完我的歌，

甜蜜的泰晤士，漫卷柔波，我声音不大，也不多。

可是我听见身后的一阵冷风

白骨咯咯响，笑嘴合不上。

一只老鼠幽灵般穿过草地

在岸边拖着它粘湿的肚子

一个冬天的傍晚，在煤气厂后面

我在沉闷的河道上垂钓

思念着国王哥哥的残骸

和早先去世的父王。

在低处潮湿的地上赤裸着的是白色的尸体

森森白骨遗弃在一个矮小而干燥的阁楼上，
年复一年，被老鼠的脚拨来拨去。
但是在我背后我时常听见
喇叭和汽车的声音，是它
在春天把斯威尼带给波特女士。
唉呀，月亮照亮波特夫人
和她女儿
她们在苏打水里洗脚
唉呀呀，在教堂的圆顶下，是童男童女的歌声！

突突突
锵锵锵锵锵锵
粗鲁而强暴
特鲁王

虚幻的城市
在冬日正午棕色的雾里
尤金尼德斯先生，那个士麦那商人
胡子拉碴的，口袋装满了葡萄干
刚到伦敦：文件在手，
用粗俗的法语请我
到加农街饭店午餐
然后到大都会度周末。

在那暮色苍茫的时刻，眼与背脊
从办公桌上升起，人的引擎

像一辆出租车一样怦怦等候，

我，提瑞西阿斯，虽然失明，仍在两个生命间搏动，

一个有了皱皱巴巴女性乳房的老人，可以看到

在暮色苍茫的时刻，总是让人

想家，把水手从海上带回家，

下午茶时间，打字员回到家里，扫净早餐的残余，点了

她的炉子，摆出一罐罐食品。

窗外心惊胆战地挂满了

她晾干的衣服，任由夕阳的余晖抚摸，

在沙发上堆着（晚上就是她的床）

袜子，拖鞋，背心，和紧身衣。

我，提瑞西阿斯，有了皱皱巴巴女性乳房的老人

感知了这一幕，并预见了其余的——

我也等待那预期的客人。

他，满脸疙瘩的小伙子，来了，

一个小公司的职员，一种大胆的眼神，

洋洋自得的下层人，

好像布拉德福德的百万富翁头上的丝绸帽子。

现在正是时候，他猜对了，

饭已经吃完，她已厌倦和疲惫，

他开始爱抚和挑逗她

即便不欢迎，也还没反对

兴奋而坚定起来，他全面进攻；

探索的双手没遇到阻碍；

他的虚荣心并不需要回应，

不反对对他就算是欢迎。

（我提瑞西阿斯曾经忍受过

这张沙发床上发生的一切；

我可是曾在底比斯城墙下面坐过，

与最卑微的死人们为伍同行。）

他给了一个最后的吻，

就摸索着走了，楼梯上灯也没亮……

她转身照了一下镜子，

丝毫没理睬那个离去的情人；

她脑子里模模糊糊地有个念头：

"这不完事了：我很高兴这一切都结束了。"

当可爱的女人做完失足的傻事

在屋里，独自一人，踱来踱去

她机械地用手抚平了头发，

把一张唱片放在留声机上。

"在水上，音乐像幽灵般从我身边流过"

顺着斯特兰德，直到维多利亚街。

哦，金融城，有时我能听见

泰晤士下街的一家酒吧旁边，

一个曼陀林宜人的哀鸣

和里面传来的一声声喧闹

鱼贩子们在里面午休：殉道堂的墙上

有着不可思议的爱奥尼亚白色和金色的辉煌。

　　长河汗浸

油及沥青

驳船漂移

随浪为新。

阔展帆红

随风抖动

方向背风

桅杆沉重。

驳船破浪

大木漂荡

格林尼治

犬岛后方。

　喂啊啦啦，累啊

　哇啦啦，累啊啦啦

伊丽莎白

莱斯特尔

船桨摇来

金镶船尾

赤金相间

潮涨轻快

波抚两岸

西南风吹

船向下游

钟声清彻

白塔悠悠

　喂啊啦啦，累啊

哇啦啦，累啊啦啦

"电车和堆满灰尘的树。
海布里让我厌烦。里士满和邱
毁灭了我。在里士满我抬起我的膝盖
仰卧在独木舟的船底。"

"我的脚在穆尔盖，我的心脏
在我的脚下。活动结束后
他哭了。他立志"新的开始。"
我无言以对。我该怨恨什么？"

"在马盖特沙滩，
我可以把空寂连到空寂。
破碎指甲肮脏的手，
我的人们谦卑的人们
什么也不指望"
　　　　　　　　　　啦啦
于是我到迦太基来了

灼烧啊灼烧
主啊，救我出来吧
主啊，救我

燃烧

四、水里的死亡

佛礼巴斯，腓尼基人，死了两星期的同道，
忘记了水鸥的鸣叫，深海的浪涛
以及亏损与回报。

$\qquad\qquad$ 海底的洋流
窃窃私语，啄着他的骨头。
起落之间他经历了年青和衰老
进入了漩涡。

$\qquad\qquad$ 非犹太人还有犹太人
你们转动轮盘和观望风向，
还记得佛礼巴斯吗，他曾经像你们一样英俊高大。

五、雷的训诫

火炬把汗湿的面孔映红了
花园在霜冻后沉寂
乱石堆里的苦难
呐喊和哭泣
监狱、宫殿、和
春雷在远山中的震撼
活着的已经死了
还活着的正在死去
只有一点点耐心

这里没有水，只有岩石

岩石、干旱，和沙路

蜿蜒山间的路

山里只有岩石，没有水

如果有水，我们应该停下来饮水

岩石里一个人无法停下，不能思考

汗是干燥，脚在沙里

要是岩石里有了水

死寂的山的龋齿的嘴，也吐不出水

人们在这里既不能站也不能躺也不能坐

山里甚至没有宁静

只有干燥不育的雷不会下雨

山里甚至没有孤独

只有愠怒的红脸在冷笑着咆哮

干裂的房子的门口

　　如果能有水

　　没有岩石挡

　　若有岩石在

　　也有清水淌

　　再有清水漾

　　潺潺溪流荡

　　岩石绕池塘

　　只有溪涧响

　　没有苦蝉伤

　　干草在歌唱

流水漂石上

画眉松间唱

滴滴复滴滴

还是无水殇

谁是那位总是走在你身边的第三者？

我数的时候，只有你和我在一起

但是当我朝前望着那白路

总有另外一个走在你身边

优雅地裹着棕色的斗篷

我不知道那是男人还是女人

一你的另一边到底是谁？

高高的天上是什么声在响

像是慈母悲伤的倾诉

那一群簇拥而至的蒙面人是谁

在一望无际的平原那边，在干裂的土地上跌跌撞撞

只是被地平线圈着

山那边是什么城市

苍茫暮色中破裂、修好、再爆发

倒下的塔

耶路撒冷、雅典、亚历山大

维也纳、伦敦

虚无缥缈

一个女人把她长长的黑发拉紧

在那琴弦上拨弄轻声的音乐

娃娃脸的蝙蝠在暮色中

吹叫着，拍着翅膀

头冲下沿着熏黑的墙爬下

塔在空中倒挂着

隐隐约约的钟声报着时

还有发自空水槽和枯井的歌声。

在山间那个破败的洞里

淡淡的月光中，野草在歌唱

在教堂附近坍塌的墓地那边

教堂是空的，仅是风的家。

没有窗子，门是摇晃，

干骨头不能伤害任何人。

只有一只公鸡站在屋脊上

哭哭泣哭哭哭泣哭

在一道闪电。然后是湿透的阵风

带来了雨

恒河水位下降了，疲萎的叶子

等待下雨，

乌黑的云在远处聚集，在喜玛顽山那边。

丛林在蜷伏着，静静地蹲伏着。

然后雷声响了

哒

嗒哒：我们给了些什么？

我的朋友，热血震动着我的心脏

刹那间果敢献身的非凡勇气

一个谨慎的时代永远不能挽回

由此，由此而已，我们是存在着

在我们的讣告中找不到

在蜘蛛好心掩藏的记忆里找不到

在我们的空房间里

精瘦的律师打开的密封下也找不到

哒

哒呀哒哇：我听到钥匙

在门上转动一次，只一次

我们想着钥匙，各人在自己的监狱里

想着钥匙，各人认定了自己的监狱

只在黄昏时分，灵界谣言纷纷

垮掉的科利奥兰纳斯复活了一会儿

哒

哒呀嗒：船欢快地回应着

熟练能干的手里的帆和桨

海是平静的，你的心脏本来也会

欢快地回应着邀请，会听命于

那万能的手

我坐在岸上

垂钓，背后是干旱的平原

我应否至少把我的田地收拾好？

伦敦桥要塌下来塌下来塌下来

他把自己投身于炼狱之火

我如何能像燕子？燕子，燕子

阿基坦王子在坍塌的塔楼里

我把这些碎片敛到我的废墟

你想斗，我就和你斗。黑柔尼莫又疯了。

嗒哒，哒呀哒哇，哒呀嗒。

　　　　　山地，山地，山地。

T.S.Eliot（艾略特）1922 年作

2015 年 10 月 30 日译

焚毁的诺顿（四重唱之一）

尽管智慧是相通的，许多人过得各有其道
向上的路和向下的路是一样的

一

现在和过去
都可能在未来存在，
而未来也包含在过去里。
如果所有的时间都永远存在
所有的时间就无法挽回。
过去可能的存在只是一个抽象的概念
永远是一个猜测中的可能。
过去可能存在的和已经存在的
都指向一个永久的终点。
记忆里的脚步声
回响在我们没有涉足的路上
指向那扇我们从来没有打开的
进入玫瑰园的门。我的话在
你的心中回响。
　　但是为什么要

扰动我不相识的一碗玫瑰叶子上的尘土？

　　其他回音

响在花园里。我们应该去追逐吗？

快，鸟儿说，找到它们，找到它们，

就在拐角处。通过第一道门，

进入我们第一个世界，我们应该听从

画眉鸟的欺骗吗？走进我们的第一个世界。

它们在那里，端庄，隐形，

在枯叶上飘然而过，

在秋季的闷热里，通过颤动的空气，

而那只鸟在叫，响应着

藏在灌木丛里的无声音乐，

而看不见的视线交汇了，玫瑰

脉脉含羞。

在那里，它们是我们的客人，被我们接待，也接待着我们。

我们继续前行，而它们，有正规的队列，

沿着空巷，进入了黄杨树围着的圆里，

俯身观看着干涸的水池。

干涸的池子，干涸的混凝土，棕色的边，

池子里装的满是阳光之水，

还有莲花，静静地，静静地，

水面在光的中心闪烁着，

它们在我们身后，反射在池中。

然后，云过来了，池又空了。

去吧，鸟儿说，因为树叶里藏满了孩子，

高兴至极，憋着不笑出声。

走，走，走，鸟儿说：人们
承受不了太多的现实。
过去和未来
过去可能存在的和已经存在的
都指向一个永久的终点。

二

泥里的大蒜和蓝宝石
绊住平板车的轴。
血液里的颤音的弦
在根深蒂固的伤疤下唱歌
安抚早已被人遗忘的战争。
沿着动脉的舞蹈
和淋巴的循环
是想象中星星的漂流
上升到树里的夏天
在想象的叶子上的光芒里
我们也到了摇动的树上面
听到在下面湿漉漉的草地上
猎猪的狗和公猪
在做它们从来在做的事情
都被安抚在群星之间。

在永动世界的静止点。既没有有形也没有无形；
没有来也没有去；在静止点上，有那舞蹈，

但没有静止也没有运动。不要称它为固定，
凡过去和未来都聚集。没有来也没有去，
没有上升或下降。除了该点，静止点，
不会有舞蹈，那里只有舞蹈。
我只能说，我们存在过，但我不能说在哪里。
我不能说，有多长，因为那会把它放在时间里。

解脱了实际欲望的内在自由，
从行动和痛苦中解脱，从内在的
和外在的强迫中解脱，但仍被
优雅的感觉包围，像一道白光既静止又移动，
上升并不运动，集中
并不消除，无论新的世界
和老的世界都很明了，都被理解
在其部分狂喜之后，
那是对它的恐怖的解脱。
然而过去和未来的连接
编织在虚弱的不断变化的身体里，
避免人类进入天堂或地狱
那里肉身不能忍受。
　　　　　过去和未来
只允许一点意识。
要意识就不能要时间
但是，只有在时间里才能有在玫瑰园的瞬间，
才能有雨水敲打中凉亭的瞬间，
才有在雾起时通风的教堂的瞬间

记住，涉及过去和未来。
只有通过时间，时间才被征服。

三

这里是没有爱的地方
时间之前和时间之后
在昏暗的灯光下：不是白天
帮形体有清醒的寂静
帮影子有短暂的美丽
缓慢转动暗示着持久
也不是黑暗，净化心灵
用剥夺来净化感性
把爱从世俗中净化。
既不丰裕也不短缺。只是那么一闪
在写满时间满是忧患的面孔上
用分心从分心中分心出来
充满了幻想和空洞的意义
肿胀的冷漠，没有注意力
男人和纸屑，冷风吹着转
风在时间之前和时间之后吹，
气进出着不健康的肺
时间之前和时间之后。
不健康的灵魂在变暖
进入消退的空气，懒懒散散
被卷过伦敦阴郁的山丘的风驱动，

汉普斯特德和科肯维尔，卡姆登和普特尼，
海格特，普利若斯和拉德盖特。不在这里
不是这里的黑暗，在这个叽叽喳喳的世界里。

下降，只是下降
进入永恒孤独的世界里，
世界不世界，但它绝不是世界。
内部黑暗，剥夺
和所有财产的贫困，
感到世界的干裂，
散去世界的幻想，
毁掉世界的精神；
这是唯一的方式，另外的
是相同的，不是在移动中
而是，在放弃运动中；而世界移动
在亲和力中，在它的金属路上
过去和未来。

四

时间和钟埋葬了白昼，
黑色的云把太阳带走。
向日葵会转向我们吗？
铁线莲会向我鞠躬吗？
卷须和枝杈又抓又拉？
寒气

红豆杉会曲指我们吗？
翠鸟的翅膀折回光亮，
沉默着，光仍是静止
在永动世界的静止点。

五

语言在动，音乐在动
只在时间里动；但是活着的东西
只能等死。语言，演讲结束后，就
陷入沉寂。只有通过形体，和图案，
语言或音乐才能达到
静止，像一个中国的罐子在
在静止中永动。
小提琴不是静止的，只要音符还在持续，
不但单一的，而是共存，
或者说，结束在开始之前，
端和初总在那里
在开始前和结束后。
和所有永远是现在。话语吃力，
裂开，有时破碎，不堪重负，
在压力下，滑倒，跌落，灭亡，
失去意义，不会永恒，
不会静止。尖叫的声音
训斥，嘲讽，或者仅仅在吵闹，
总是攻击他们。在沙漠中的话语

最会被诱惑的声音攻击，
葬礼舞蹈中的影子在哭喊，
在忧郁的幻想里大声哀叹。

这一切的细节是运动，
像十级台阶的身影。
欲望本身就是运动
本身并不是可取的；
爱情本身是一动不动，
只有运动的原因和终点，
永恒的，没有欲望
只是在时间上
被形式所限制
在未存在与存在之间。
突然在太阳光芒里
粉尘仍在移动
听到了隐藏的笑声
那是藏在在枝叶里的儿童
快点吧，这里，现在，永远
可笑的浪费掉的伤心的时间
在往之前和之后伸展。

东科克（四重唱之二）

一

我的起点是我的终点。

前赴后继，

楼宇建起又倒塌，

它们被扩展，被迁移，被毁坏，被恢复，

可能取代它们的或是开放的田地，

是工厂，是辅路。

旧石筑新楼，古木燃新火，

陈火化灰烬，灰烬成泥土

而泥土早已是尸体、毛皮，和粪便，

人与兽的遗骨、玉米秆，和树叶。

房屋生与死：

有拔地而起的年代

有生活传代的年代

也必然有一个年代

风会打破松动的玻璃窗

风会动摇陈旧的壁板，在那里地鼠曾经赛跑

风会动摇破烂的挂毯，上面织有沉默的箴言。

我的起点是我的终点。现在光线

穿过旷野，任由深巷

被枝叶漫掩，刚午后就一片漆黑，

你背靠河岸，货车经过时，

深巷坚持指向村庄的方向

村庄已被灼热催眠。在温暖的薄雾中，

闷热的光被灰色的石头吸收

没有反射

睡在空寂中的大丽花。

在等待早起的猫头鹰。

　　在那空旷的田野里

如果你不走得太近，

在夏天的午夜，你可以听到音乐。

轻柔的管乐与小鼓的敲击

你会看见他们在篝火旁跳舞

男女成双成对，象征着婚姻

那是庄严而开放的圣礼。

两两成双，必然的结合，

他们互相挽着手臂

情投意合。围着火旋转着

穿越篝火，或者加入舞圈，

朴素的庄严和质朴的欢笑

笨重的鞋子提着沉重的脚，

双脚粘着泥土，踩出了乡土的快乐

那是长期在土地里滋养玉米的快乐

他们有一种节奏，

那是跳舞的节奏

是四季谋生的节奏

是季节和星座的节奏

是挤奶和收获的节奏

是男女耦合的节奏

也是野兽的节奏。

双脚起伏有制。

吃喝、拉撒和死亡。

黎明后又是新的一天

准备好炎热和沉默。在破晓的海风里出发

泛起波纹，掠水而去。我在这里

或在那里，或任何地方。在我的起点。

二

十一月底在作弄什么？

含着早春的骚动

含着炎夏的生命，

脚下盘旋的雪花

直指苍天的蜀葵，

红色变成灰色，然后跌落

要晚开的玫瑰盛满了初雪？

隆隆的雷声随着旋转的星星滚滚而来

模拟着星球大战中

凯旋而归的战车

蝎子座与太阳搏斗

直到日月落山

彗星在哭，流星在飞

在天空和平原里狩猎

卷起能毁灭世界的火的旋涡

在冰川统治之前燃烧

这是一种不尽人意的表达：

用陈腐的诗风做的迂回冗长的研究，

给人留下一种无法忍受的

对用词和意义的纠结。诗无关紧要

这不是（重新开始）人最初期望的。

长期期待，价值何在？

希望安宁，秋天的平静

年龄带来的智慧？

难道那些语气平和的长者，

骗了我们也骗了他们自己？

留给我们的只是谎言的收据？

难道宁静只是故意不显生机，

睿智只是失效的秘诀？

窥视黑暗时毫无用处

漠视黑暗时绝无价值？在我们看来，

从经验中得来的知识

充其量只有有限的价值。

知识只是把模式强加于人，误人子弟，

因为每一刻都有新的模式。

而每一刻都是崭新的

对我们的历史

有着崭新而令人震惊的评价。

当欺骗不再伤害我们时，

我们才不再受骗。

在中间，不只是在途中

但是一直到头，在黑暗森林里，在荆棘丛中，

在沼泽边，无处落足，

被怪物、华灯，和冒险的诱惑所折磨。别让我再听见

长者的睿智，让我听到他们的愚蠢，

他们害怕恐惧和狂乱，害怕拥有，

属于彼此的、他人的，或上帝的财产。

我们唯一能获得的智慧

是谦卑：谦卑的力量是无穷的。

楼宇房舍封存海底。

歌舞升平长眠地下。

三

哦，黑暗中的黑暗。他们都进入黑暗，

星际之间的空荡，空荡中的空荡，

船长、银行家、著名文人骚客，

慷慨的艺术收藏家、政治家和统治者，

出色的公务员，委员会的主席们，

大企业家和小业主，全都进入了黑暗，

漆黑的是太阳和月亮，是皇族的花名册

是证券交易所的公报，是董事名录，

荒冷的是理智，丢失的是动机。

我们也随着他们一起去了，参加无声的葬礼，

葬礼没有主人，因为没有人被埋葬。

我对我的灵魂说，安静，静候黑暗的降临。

那将是上帝的黑暗。像在剧院里，

灯熄灭了，场景要换。

空洞的翅膀隆隆作响，黑暗取代黑暗，

我们知道山和树，遥远的全景

和华丽的门面都被卷走了——

或者像在隧道中停留太久的地铁，

前后不靠站，人们多起来的言语，慢慢消寂成沉默

你看到每张脸后面的精神空虚加深

只留下无事可思的恐惧；

或者像在麻醉气体里，思想是清醒的，但没有意识——

我对我的灵魂说，别动，在无望中静候

因为希望是错误的希望；在无爱地等待

因为爱是错误的爱；还有些许信念。

但是信念和爱和希望都在等待。

等待是不要思考，因为你还没有准备好思考：

因此，黑暗将是光明，静止将是舞蹈。

潺潺流水低语，烁烁冬日闪电。

看不见野百里香和野草莓，

听见花园里的笑声，回荡着狂喜。
不是迷失，而是需要指向
生与死痛苦。

你说我在重复
我以前说过的话。我要再说一遍，
要我再说一遍吗？为了到达那里，
从你不在的地方去你在的地方，
你必须走一条没有狂喜的路。
为了到达你不知道的地方
你必须走一条不知道的路。
为了拥有你不拥有的
你必须放弃已经拥有的。
为了成为与现在不同的你
你必须体验你不是你自己。
你唯一知道的是你并不知道。
你拥有的是你想要拥有的。
你在的地方不是你想在的地方。

四

受伤的手术师在熟练地操作。
审视着病坏的部位；
淌着血的手下面，我们感觉到
疗伤者精湛而尖锐的热情
在解开体温表上的谜。

我们唯一的健康是疾病。
如果我们听从垂危的护士
她坚持不懈的护理不是在讨好我们
而是在提醒我们和亚当蒙受的诅咒，
在提醒我们，想要恢复，疾病必须恶化。

整个地球是我们的医院
由被毁灭的百万富翁赋予，
在那里如果我们做得好，我们将
死于父爱般专制的绝对照料
这种照顾不会离我们而去，而是阻止我们到别处。

寒气从脚心升到膝盖，
高烧在精神的弦上歌唱。
如果要温暖，我必须
在寒冷的炼狱火灾冻得发抖
那里玫瑰是火焰，荆棘是浓烟。

淋漓的血是我们唯一的饮料，
血腥的肉是我们唯一的食粮：
尽管我们想让
自己的血肉之身丰满而健康—
我们还是为这个星期五称道鼓掌。

五

我来了，走了一半路，恍然二十年了——
光阴虚度在两次战争之间——
我学着使用语言，但每次尝试
是一个崭新的开始，也是一种独特的失败
因为人只说得好。
不需要再说，或者说
人不愿意再说的话。所以每次冒险
是一个崭新的开始，是对口齿不清的进攻
简陋的装备总是
在粗糙的感觉和散漫的情绪中变得一无是处
能够通过力量和屈服来征服的，已经被
那些难以模仿的先人一次次地征服了
——但没有竞争——
只有斗争才能找回失去的东西
然后又一次次地得而复失：尤其是现在，
在不利的条件下。但也许无关输赢。
我们只有不断尝试。剩下的不是我们的事。

家是一个人出发的地方。随着年岁渐长，
世界形同陌路，死生格局更加复杂。
不是孤立的空前绝后的某个紧张时刻
而是每时每刻都在燃烧的一生
而不只是一个人的一生

而是烧尽老到无法辨认的石头的一生。

有那星光下傍晚的时刻，

有那灯光下的黄昏时刻

（有那带着相册的傍晚）。

爱几乎是它自己。

那时此时此地已不再重要。

老年人应该是探险家。

这里和那里无关紧要。

我们必须静静地不断前行

以到达另一个高度

才能进一步地结合和更深入地交流

穿越黑暗寒冷和空旷荒芜，

波浪在哭泣，狂风在咆哮，

才能到达满是

海燕和海豚的广阔水域。

我的结束是我的开始。

天荒地老（四重唱之三）

一

我对神知之不多，但我认为那条河
是一个强大的棕色的神－阴沉、野性、桀骜不驯，
也不能说它不耐心，最先被认为是向前拓展着的疆界；
是商业的传送带，很有用，但不可信赖；
也是桥梁建造者面临的难题。
但难题一旦解决，
棕色的神就几乎被城里人无情地忘却。
它是个毁坏者，保持着自己的季节和愤怒，
提醒着人们选择遗忘的东西。
不被机器的崇拜者们尊重和抚慰
它在静静地等待，观察着，等待着。
它的节奏出现在托儿所的卧室中，
在四月庭院中的一排椿树里，
在秋天桌上葡萄的气息中，
在冬天晚上煤气灯圈里。

河在我们中间，而大海在我们周围；
大海是陆地的边缘，是它能触及的花岗岩，

也是它拍打着的海滩

是它蕴藏着的早期的其他物种：

海星，马蹄蟹，鲸的脊梁骨；

为我们的好奇心提供的泳池

更精细的海藻和海葵。

它会把我们丢掉的东西冲刷上来，撕裂的渔网，

破碎的捕龙虾用的篓子，断桨

还有外国死者的装备。大海有许多声音，

许多神和许多声音。

　　海盐在多刺的玫瑰上，

海雾在杉树丛中。

用着不同的声音

　　大海在咆哮

大海在尖叫，

那是混合在一起的声音：

索具在哀鸣，

波浪在威胁又在爱抚，

远处花岗岩在怒吼，

哀号警示着附近的海岬

都是海的声音，还有那些浮标在起伏中呻吟

围着回家的方向，还有那些海鸥：

在寂静迷雾的压迫下

钟声在测量着时间

那不是我们的时间，

而是被地平线的涌浪从容涌动敲响的钟声，

那时间比天文钟的时间还要久远，

比焦急忧虑的女人数出的时间还久远
她们躺在床上，计算着未来，
试图在解开，读懂，分析
和理解着过去和未来，
在午夜和黎明之间，当过去都是假象，
未来不再存在，在晨曦降临之前
当时间停顿，而时间又永远不会结束；
地平线的涌浪，周而复始，
在敲响
钟的铿锵

二

哪里有它的尽头？无声的哭泣，
秋花寂静的凋零
花瓣跌落又无声无息；
哪里有它的尽头？漂浮的残骸，
为海滩上的遗骨的祷告，
灾难性的宣告中无法祈祷的祷告？

没有尽头，只有递增：
更多的每天和每小时迟到的后果，
在常年来本以为是最牢靠的东西
的不断破损中，
情感变得无情冷漠—
因此，最适合放弃。

最后的递增，是对失败力量的

逝去的骄傲或怨恨，

没有效忠的对象就好想不再会忠诚，

在一艘缓慢漏水船上漂流，

沉默中倾听那

上次报喜是

不可不听的钟的喧嚣。

渔夫们在乘风航行

他们的尽头在哪里？难道在浓雾龟缩的地方？

我们无法想象一个没有海洋的时代

或是一个没有垃圾的海洋

或像过去一样不负责任的未来

我们无法想象一个没有终点的时代。

我们只能认为他们一直在救助，

施工和牵引，而整个东北在

俯视着这些浅堤无动于衷，

或认为他们在一直取他们的钱，在船坞晒干他们的帆；

而不能认为他们在做一次毫无意义的航海

因为他们将无法偿还

结果经不住考验的航行。

没有尽头，无声的哭泣，

没有尽头，秋花寂静的凋零

没有尽头，痛到不觉得痛，动到一切不再动，

没有尽头，海的漂流和漂浮的残骸，

没有尽头，遗骨在祈祷死神。

只有一点少得可怜对喜讯的祈祷。

似乎随着年龄的增长，

过去有了一种模式，不再仅仅是先来后到——

甚至好像是在发展：那不过是谬误

被肤浅的进化论所鼓舞，

在人们的心目中，成为否认过去的手段。

快乐的时刻——而不是幸福感，

成就、成功、安全或爱恋，

甚至不是一顿丰盛的晚餐，而只是灵光一现——

我们有了经验却没有找到含义，

寻找含义却只是以不同的形式复原经验，

而不是赋予快乐任何意义。

我以前说过

过去的经验在含义中复活，

不是只有一次生命的经历

而是多代人的经历——

记住一些本来可能就是难以形容的事情：

借着记载历史的信心向后看

越过肩膀向后看

看那原始的恐怖。

现在，我们发现痛苦的时刻是永久的

（这无关于是否存在误解，

或渴望得到的是错误的事物，

或是为错误的事物而担心）。

痛苦的时刻和时间一样永恒。我们更欣赏。

别人的痛苦，自己几乎经受过，

和我们有关，但不是我们自己的痛苦。

因为我们的过去被行动的潮流所淹没，

但别人的痛苦仍然是一种经历

这种经历不会被时间的研磨所改变。

人们可以变，可以笑，但痛苦依然存在。

时间是破坏者也是保护者，

就像漂载着死去黑人、奶牛，和鸡的河流，

也漂载着苦涩的苹果和苹果的咬痕。

在动荡的水里破烂的岩石，

海浪拍打着它，雾掩盖它；

在宁静的日子里，它仅仅是一座纪念碑，

在通航的天气始终是协助航程的航标

但在阴沉的季节

或者狂暴的时刻，它就是它。

三

我有时怀疑这是否就是印度神 Krishna 多种含义的一种

或者是表达同一含义的多种方式的一种：

未来是一首褪色的歌，一朵皇家玫瑰，

或是未来者的一抹薰衣草香水般

值得留恋的遗憾，

压在一本从未打开过的书的黄叶之间。

上山的路在下山，前进的路是回头路。

你不能平静地面对它，但这件事是肯定的，

时间不是医生：病人已经不在。

火车开动时，乘客们都沉浸在

水果、期刊和商业信函中

（那些送别的人已经离开了站台）

他们的脸从悲痛中解脱出来，

沉浸在长途跋涉的昏昏欲睡的节奏中。

往前走吧，旅客们！不是逃避过去

进入不同的生活，或进入任何未来；

你与离开那个车站的人已经不同

也不是那个将到达任何终点站的人，

当铁轨滑向你身后变得越变越窄；

当你在客轮敲锣打鼓的甲板上

看着你身后的鸿沟越来越宽，

你不应该认为"过去已经结束"。

或者"未来就在我们眼前"。

夜幕降临，在索具山，在空中，

是一个声音在详述（不是对人耳说，

而是时间外壳的低语，不是任何一种语言）

"向前，以为你们是在航海的人们；

你不是那些看到海港退去的人。

也不是那些将离船上岸的人。

在这里和更远的海岸之间

当时间被撤回时，以平等的心态

考虑一下未来和过去。

在这既不是行动也不是不行动的时刻

你可以接受这一点："在死亡时

人的思想可能感应的状态里。"——

那是唯一的行动

（而死亡的时刻就是每一时刻）

将在别人的生活中结果：

不要去想这行动的结果。

向前。

    航海家们，水手们，

你们将要靠港，你们的身体

将遭受海洋和事件的审判，

这才是你真正的目的地。"

所以 Krishna，当他在战场上告诫阿朱那

    不要道别，

只要向前，航海家们。

四

夫人，其祠屹立在海角，

为船上所有的人祈祷，

那些打鱼的

那些执法的

还有那些指挥他们的人。

也为那些女人们祈祷

她们看着自己的儿子或丈夫

离开了却没有回来：

你们儿子的女儿，

天堂的女王。

也为船上的人祷告，

在沙滩上，在大海的唇上

或者在不会拒绝他们的黑暗的喉咙里

结束了他们的航行。

或者，无论在哪里，听不到

海的声音的永恒的祈祷。

五

与火星沟通，与灵魂交谈，

报告海怪的行为，

描述星象，预言，或占卜，

在签名中观察疾病，

用手掌纹来研读传记

用手指来预知凶兆；

用抽签，或茶叶来算命

用扑克牌、五角星，或巴比妥酸来隐喻未来

通过剖析多次重现的图像来解释前意识的恐惧—

去探索子宫、坟墓、梦想，

这些都是平常的消遣和药物，与新闻的栏目：

而且这些是总会有的，特别是当

国家有难，不管是在亚洲的海岸，或在埃奇韦尔路。

人类的好奇心探索过去和未来

并纠缠在那个维度上。但要理解

永恒与时间的交点

是圣人才做的事—

这也不是职业，而是在一生的爱、

激情和无私奉献和自我放弃的死亡

中的取舍。

对我们大多数人来说，只有无人照顾的

瞬间，在时间中出入的瞬间，

把注意力在一注阳光里聚焦和分散，

看不见的野百里香，或冬天的闪电

或瀑布，或音乐听到深处

直到根本就听不见，但当音乐持续时，

你就是音乐。这些只是暗示和猜测，

暗示然后猜测；其余的是

祷告、遵守、纪律、思想和行动。

暗示后猜到一半，天赋明白了一半，是化身。

这里是不可能的联盟

存在的范围是真实的，

在这里，过去和未来

被征服，被融合，

行动那只是没有自身动力的事物

被地狱和黑暗的力量所移动

正确的行动就是从过去和未来解放出来的自由。

对我们大多数人来说，

这是不会被实现的目标；
因为我们一直在努力
才能保持不败；
如果我们的时间逆转
（离紫杉树不太远）
滋养着重要土壤的生命，
我们就得到最后的满足。

小吉丁（四重唱之四）

一

隆冬里的春天是它自己的季节
日落前是一成不变的潮湿，
在极地和赤道间忘了时间。
短暂的白昼亮到了极点，既有霜冻又有火焰，
瞬间的阳光火烧了寒冰，不管池塘还是沟渠，
没有风的寒冷里也就是心脏的热量，
反映在水的镜子上
是午后令人失明的眩光。
光辉比柴火，或火盆更加激烈，
激起麻木的精神：没有风，只有圣灵节的火
燃烧在一年的黑暗时期。在融化和冻结之间
灵魂的活力在颤抖。没有大地的气息
也没有生命的气息。这是春天的时候
但不是约定的时间。树篱
被片刻绽放的雪花烫灼了一小时
要比夏天的绽放更加突然
没有萌芽也不褪色，
也没有结果的打算。

哪里是夏天，

      那不可想象的

零度的夏天？

      如果你到这里来，

走你很可能会走的路

从你很可能来自的地方来，

如果你在五月的时间到这里来，你会发现树篱

再次变白，五月份，有着华丽的甜蜜。

这将是旅程结束时相同的结局，

如果你晚上像个失落的国王来这里，

如果你白天来却不知道你为何而来，

这将是相同的，当你离开崎岖的路

在猪圈后面转向那沉闷的前门和

墓碑。你来这里要找的

只是一个有内涵的果壳，

里面装着的目的，只有目的达到时才能破壳而出

如果有那一天的话。要么你没有目的

或者，目的超出了你的计划

而在中途被改变。还有其他的地方

也是世界的终点，有的在海的入口，

或者在一片黑色的湖上，在沙漠中或城市

但是，这是最近的终点，不论时间或地点，

现在在英国。

      如果你到这里来，

采取任何途径，从任何地方开始，

在任何时间或任何季节，

这将始终是相同的：你将不得不把

感觉和思想放到一边。你不是在这里验证，

指导自己，或者告诉好奇心

或者传送报告。你在这里下跪

这里祈祷一直有效。和祈祷不只是

一串文字，不只是占据

祈祷着的心灵，也不是祈祷的声音。

死人在活着的时候没有讲，

死了才想告诉你：死者的交流

是用超越了活者的语言来说的。

这里，永恒时刻的交点

是英格兰而不是任何其他地方。永远不也永远是。

二

一个老人的袖子上的灰

是烧焦的玫瑰留下的一切。

尘埃在空气中悬浮

标志着一个故事在这里的终结。

吸入的尘灰是一座房子

墙，护壁板，和耗子，

希望和绝望的死亡，

　　　　这是空气的死亡。

有洪水也有干旱

在眼睛上和嘴里，

止水和死沙

争夺着占据上风。

焦透的生机全无的土壤

目瞪口呆看着辛劳的虚荣，

笑没有欢乐。

   这是土的死亡。

水与火成功

镇，牧场和野草。

水和火嘲弄

我们拒绝奉献的牺牲。

水和火也必将腐蚀

我们忘了的毁坏了的基础，

圣殿和合唱团。

   这是水和火的死亡。

在天亮前的不确定时分

无休止的夜晚就要结束

在无休止的反复的结点

当黑色的鸽子带着它闪烁的舌头，

飞过它归巢路上的地平线

枯叶还在噼啪作响像罐头盒

在三个街区内毫无声息的沥青路上的声响

那里的烟雾升起来

我遇见一个人在走，匆忙又不知所向

仿佛是风向我吹来的金属叶片

市区黎明的风没有丝毫反抗。

当我盯着那张绷起的脸

那种针对性的审视，我们用来挑战

暮色渐退时见面的第一个陌生人的目光

我看到了某位已故大师惊恐的表情

我以前认识，忘了，想起一半

一个和多个；在晒成褐色的脸上

一个熟悉的复合鬼怪的眼睛

既亲密又无法识别。

所以，我担当了一个双重角色，哭了

而听到对方的声音哭着："你在这里干什么！？"

虽然我们没有。我还是一样的，

我认识自己同时又是别人

他脸仍然在形成中；然而说话就足够了

强迫他们开始的认同。

因此，抱怨同样的风，

太陌生了不会彼此误会，

在此交汇时间同心同意

在不起眼的地方相遇，不前不后，

我们在人行道上死寂般前行。

我说："我觉得奇迹是容易的，

然而，容易是奇迹的原因。所以：

我可能不理解，可能不记得了。"

他说："我不想再预演

已被你遗忘的我的思想和原则。

这些东西已经达到了他们的目的：让他们去吧。

所以，你自己的，祈祷可以被人原谅

我祈求你原谅

不论善恶。上个季节的水果被吃掉了

吃饱了的兽踢开了空桶。

去年的话属于去年的语言

而明年的话等待另一种声音。

但是，由于现在道路

对不满足的精神已没有障碍

在两个世界之间的异类变得非常像对方，

所以，我有话我从来没有想过讲过

在一些街道里我从来没有想过再去一次

当我把我的身体留在一个遥远的海岸。

既然我们关心的是说话，而说话又驱使我们

净化部落的方言

并怂恿我们瞻前顾后，

让我公开长期保留的礼物

为你一生的努力加冕。

首先，失效的感觉的冰冷的摩擦

没有魅力，没有任何许诺

只是影子果实的苦涩无味

由于身体和灵魂开始四分五裂。

其次，自觉愤怒无能

在人类的愚蠢和

不再逗的笑声造成的裂伤。

最后，重新启动的撕心裂肺的痛
对所有你已经做的，和你的曾经；
动机暴露的耻辱，和知道的
坏事和做对别人的伤害
曾经你锻炼美德的行径。
蠢人的认可是疼痛的，荣誉可以污渍。
从错误走向错误的激怒精神
继续着，除非得到炼火的恢复
你必须适量移动，像一个舞蹈家。"
天要亮了。在面目全非的街上
他离开了我，带着一种惜别，
消失在汽笛声里。

三

有三个条件，往往看起来很像
又截然不同，在同一绿篱上蓬勃发展：
对自身和对事物和人的依附；
从自身，从物和人的独立；和，在它们之间越来越大的冷漠
它与其他的类似犹如死与生的相似，
在两个生命之间－不绽开花朵，
在活和死的职务。这是记忆的用处：
为了解放－不是不爱，而是把爱扩大
到超过渴望，所以从
未来和过去解放。因此，爱一个国家
始于依附于我们自己的行为

终于发现了自己的行为毫无意义
但从来没有无动于衷。历史也许是奴役，
历史也许是自由。看，现在它们都消失了
所有面孔和地点，与尽可能爱他们的自我
消失后脱胎换骨，成为异性。

罪是必要的有用的，但
所有的都要好，
所有的方式都应是好的。
如果我再次想这个地方，
想到人，并非完全值得称道的，
不是直系亲属，或善良的，
而是一些特殊才能的人，
都被一个共同的天才所感动，
用他们的纷争联合起来；
如果我想起在黄昏中的一个国王，
想起三个人，或更多，在脚手架上
想起那些死去被遗忘的
在其他地方的，这里和国外，
一个安静的死了的盲人，
我们为什么要庆祝
这些死人超过那些奄奄一息的人？
这不是向后敲钟
它也不是
召唤一朵玫瑰的幽灵的一个咒语。
我们无法复活那些古老的派别

我们不能恢复旧政策

或者跟随一个旧鼓。

这些人，和那些反对他们的人

和那些他们反对的人

接受了沉默的宪法

统合在一个政党里。

不管我们从幸运的人们那里继承了什么

都是我们从失败者那里夺来

他们必须留给我们的一切——一种象征：

符号在死亡中完善。

而这都要好，

事情的方式都应是好的

通过动机的纯化

在我们的恳求的基础上。

四

鸽子的降落打破了空气

随着白炽灯的恐怖火焰

它的舌头声明

一个从罪和错误的发泄。

唯一的希望，否则绝望

        在于旋转中的选择

        从火中得到挽回。

是谁想出这种折磨？爱。

爱是那双无名的手
编织了火的衬衣
人是无力脱下
这难熬的衬衣的。

　　我们只是活着，只是叹息
　　不是被火烧毁就是被火燃尽。

五

我们叫做开始的往往就是结束
以及建立终点就是建立起点。
终点是我们出发的地方。而且字字
句句是正确的（其中的每一句话都在，
它的位置支持其他的话，
这个词既不胆怯，也不招摇，
旧的和新的一个简单交换，
常见的字准确而脱俗，
正式的字准确而不迂腐，
完整而和谐地一起跳舞）
每一个字字句句都是结束和开始，
每一首诗是墓志铭。而且任何行动
是进一步到艰难，到火焰，到海的喉咙
或难以辨认的石头：那是我们开始。
我们和临死的一起死：
瞧，他们去了，我们跟他们一起走。
我们是和死人一起生的：

瞧，他们回来，要把我们带走。
玫瑰的时刻和红豆杉树的那一刻
是相等的持续。一个民族没有历史
不能从时间赎回，因为历史是一个
永恒的瞬间的模式。所以，当光芒失败在
在一个冬日的下午，在一个僻静的小教堂
历史就是现在和英格兰。

有了这个爱的图纸和这呼唤的声音

我们不会停止探索
而我们所有的探索的终点
将在我们出发时到达
并第一次知道的地方。
通过未知，记不住的门
当地球上最后留下来发现
那是这一切的开始；
在最长的河流的源头
隐藏的瀑布的声音
在苹果树里的孩子们
不知道，因为没有找
但听说了，半听到，在寂静
海两个波之间。
快速现在，这里，现在，永远
完全简单的条件
（成本不小于一切）

而这都要好，
事情所有的方式应是很好
当在火焰的舌头折叠
在火的结加冕
而火与玫瑰是一个。

普鲁弗洛克的情歌

如果我是回答那些
从未重返世界的人，
这火焰将停止闪烁。
但是还从来没人能
从那深处活着回来，
如果确实如此
请让我无畏地告诉你。

让我们走吧，你和我，
当夜晚在天空中摊开
像麻醉在床上的病人；
让我们走吧，你和我，
穿过那些半空的街道，
满是锯末和牡蛎壳的
廉价饭馆旅店的狂欢
终于都嘟囔着撤退了：
那街道像在尾随一个
意图邪恶的冗长争论，
让你迫不及待地提问……
哦，请不要问"到底是什么？"

让我们走吧，一起去看看。

房间里女人来去婆娑
在谈论着米开朗基罗。

黄雾在玻璃窗上蹭背，
黄烟在玻璃窗上磨鼻，
黄烟的舌头舔遍黄昏
在渠沟上水池边徘徊，
让烟囱来的煤尘覆盖，
绕过露台，纵然一跃，
看到温柔十月的夜晚，
抱着宅院，沉沉入睡。

在面包和早茶之前
的确会有时间
让黄烟沿着街道滑过
在玻璃窗上揉揉背；
会有时间，还会有时间
让你准备好你的脸
去迎接你必须迎接的那些脸；
会有时间来谋杀和创造，
会有时间让那双双忙碌的手
把问题抛到你的盘子里；
会有时间给你也给我，
会有时间给那优柔寡断，

给种种思潮和一遍遍的修正。

房间里女人来去婆娑
在谈论着米开朗基罗。

的确会有时间
一遍遍问"我敢吗？""我敢吗？"
会有时间让我转身走下楼梯，
带着我毛发中的秃斑
（他们会说："怎么他的头发越来越稀！"）
我的大衣领子紧扣到下巴，
我的领带华丽而淡泊，被简单的针别紧
（他们会说："怎么他的胳膊和腿好细！"）
难道我敢
打扰这个世界？
每一分钟里都含着足够的时间
来做好种种决定，再一遍遍地修正。

因为我全都知道，全都知道——
知道晚上，上午和下午，
我用咖啡匙测量过我的一生；
房子那厢的音乐里
声音正随着秋天死去
这叫我如何推测？

我熟悉了所有的眼睛，所有的眼睛——

它们用公式把你套住，

我被定了型，在针头上爬，

我被钉在墙上只能蠕动，

我该怎么开始

吐槽我的生活？

这叫我如何推测？

我已知道所有的胳膊，所有的胳膊

戴着镯子裸露而白嫩

（但在灯光下，露出浅褐色的毛发！）

难道是礼服里的香水

让我如此迷乱？

胳膊横在桌上，包在披肩里。

这叫我如何推测？

　我怎么能开始？

　　　****

我能告诉你吗？

黄昏我走过狭窄的街道

看到过那些穿着衬衣倚出窗口的

寂寞男人们的烟斗里

飘起来的烟雾…

我宁愿是一双硬爪子

急速爬过寂静的海底。

　　　****

黄昏和傍晚，在平安入睡
被纤长的手指抚摸着，
沉睡…疲惫…或在装病，
在地板上伸展着，躺在你我身边。
我该不该在
茶和蛋糕和冰块后，
鼓起勇气挑战这个时刻？
但是
尽管我曾含泪斋戒，
尽管我曾含泪祈祷，
尽管我看见我的头颅（有一点秃）
被连盘托出，
我不是先知——也不值一提；
我看见过我伟大的时刻，
我曾看到那永恒的仆人
托着我的外衣在窃喜，
总之，我很恐惧。

到头来，这一切是否值得？
尝过果酱，品过茗茶，
杯盏之间，谈笑你我之余，
这一切是否值得，
去含笑吞下命运的安排，
去把宇宙压成一个球
去把它推向某个终极问题，
去宣告："我是拉扎路斯，

死而复生来告诫大家

我会告诉你们所有人"

可是，当她把枕头放在头边，

 我却说："那不是我的意思

 根本不是我的意思。"

到头来，这一切是否值得？

这一切是否值得，

日落之后，门前庭院，冲洗过的街道，

读罢小说，品过茗茶，长裙扫过地板，

还有这些，那些，和许许多多？

就不可能再说我想说的！

但是，像一盏神灯能把

神经投射成屏幕上的图案：

这一切是否值得，

一旦她放下枕头或摆脱披肩，

转向窗户，

 我却说："那不是我的意思

 根本不是我的意思。"

  ****

我不是哈姆雷特王子，也不应该是；

我是一个侍从爵士，只会

推动事物的进度，

会启动一两件事，

我替王子参谋，无疑是个简单的工具

恭顺，为有点儿用而沾沾自喜，

我明智周到，谨慎细致；
我谈吐高雅，略有迟钝；
的确有时，简直荒谬
简直荒谬，的确有时，我是个蠢货。

我老了……我老了……
我该卷起我的裤角。

我要失去我的头发吗？
我还敢吃桃子吗？
我将穿白色法兰绒裤，在海滩上散散步。
我听见了美人鱼互相对唱。

我不认为她们在为我歌唱。

我看见她们骑着波涛驶向海里
还梳理着回卷的浪的白发
风把水吹成白色和黑色。

我们留连在大海的厅堂
海的女儿们给我们戴上
红色棕色海藻的花环
直到我们被人的声音惊醒，然后一起沉没。

空心人

给老者的一分钱

一

我们都是空心人
我们都是稻草人
倚靠在一起
人头里满是草芥。唉!
当我们窃窃私语
我们干枯的声音,
安静而毫无意义
就像风吹过干草
或者是干地窖里
老鼠踩过碎玻璃

轮廓了无形态,影子了无色彩,
力量已被麻痹,姿态趋于死寂;

那些直面穿越过
死亡的另一王国

的人们也许还会
记得我们这些人
不是一些迷路的暴虐灵魂
而是一些空心人
而是一些稻草人。

二

我在梦中不敢直视的眼睛
不出现在死亡的梦幻王国：
眼睛是残垣断壁上的阳光
那里，有棵树在摇晃
声音在风的歌唱中
比逝去的星星更遥远更庄严

让我别再靠近那
死亡的梦幻王国
让我穿上刻意的伪装
鼠的毛或乌鸦皮
或交叉着的法杖
田野里像风一样
但别让我再靠近

不要那末日王国
里最后的相聚

三

这是死亡的土地
是仙人掌的土地
这里石头的图像
被举起来去接受
逝去星光闪闪中
死人用手的哀求

它原来是这样的
死亡的另一国度
在孤独醒来时候
我们痛苦而颤抖
本应该亲吻的唇
却向碎石而祈祷

四

眼睛不是在这里
这里面没有眼睛
在死星的山谷里
在这空荡的山谷
逝去王国的颚里
在这最后集结地
我们在互相抚摸

在肿胀的河岸边
聚会着避免言语

什么也不再看见
除非眼睛会变成
死亡的末日王国
里那永恒的星辰
枝繁叶茂的玫瑰
这是空心人的梦想

五

我们绕着仙人掌
仙人掌啊仙人掌
凌晨五点的早上
我们绕着仙人掌。

思想和现实之间
运动与行为之间
有影子冉冉而落
这是你的王国

概念和创造之间
情感和响应之间
有影子冉冉而落
生命会很长很长

欲望和痉挛之间
能力和存在之间
本质和传承之间
有影子冉冉而落
　　　这就是你的王国

这就是你的生命
对你来说这就是

世界结束的方式
世界结束的方式
世界结束的方式
不是巨响是呜咽。

风夜狂想曲

午夜十二点。
沿着街道的所及
沉浸在月光的合成中，
嘟囔着月亮的咒语
溶解了记忆的楼层
溶解了清晰的关系，
和所有的精确和明细，
我路过的每盏路灯
都像宿命的鼓在敲击，
通过黑暗的空间
午夜在动摇着记忆
像疯子在摇动着那
死去的天竺葵。

凌晨一点半，
路灯在劈劈啪啪响，
路灯在嘀嘀咕咕说，
"至于那一个女人呀
在亮门洞里对你犹豫
门对她笑容般开放。

你看她的衣服边儿
破裂并被沙子弄脏，
而且你看她的眼角
皱得像曲别针一样。"

记忆高高地吐出了
一堆扭曲着的东西；
海滩上弯曲的树枝
被啃光后打磨得锃亮
仿佛这世界公开了
它自己骨架的机密，
直挺僵硬泛着白光。
工厂里有个破弹簧，
铁锈附体生气全无
质硬卷曲随时会断。

凌晨两点半，
路灯在嘀嘀咕咕说，
"在阴沟里舒展的猫，
滑出它长长的舌头
吞噬着一口臭黄油。"
孩子的手自动滑出，
把一个沿码头跑的
玩具抓起放在兜里。
孩子眼睛空无一物。
我见过街上的眼睛

透过百叶窗在偷看，
下午池塘中的螃蟹，
满背是藤壶的老蟹，
紧抓我提它的棍棒。

三点半，
路灯在劈劈啪啪响，
在黑暗中嘟嘟嚷嚷，
路灯在哼哼叽叽说：
"看那月亮毫不记仇，
她衰弱稀松的眼睛，
她的微笑无所不及。
她抚平青草的头发。
月亮失去她的记忆。
褪去了的天花在她
脸上留下永久裂缝，
她绞动着纸的玫瑰，
那灰尘味和古龙水，
她很孤独满脑都是
那黑夜腐朽的气味"
让人想起
干燥无光的天竺葵
和那缝隙里的尘灰，
那街头栗子的味道，
和房间里的女人味，
是酒吧里的鸡尾酒

和走廊里的香烟味。"

路灯在嘀嘀咕咕说，
"已经是凌晨四点了，
记忆啊，看那门牌号！
你有钥匙，
小灯在楼梯上照出
一个圆圈。
上楼吧。床敞开着；
那个牙刷挂在墙上，
把你的鞋放在门口，
睡觉，为生活做准备。"

刀最后拧了一下。

麦琪之旅

"我们受够了寒冷的天气，
对于旅行而言，这是一年中最坏的时间
尤其是这样一个漫长的旅行：
路很远，天气严酷，
冬天的死寂。"
骆驼苦不堪言，腿酸脚痛，不听使唤，
躺在融化的冰雪里。
我们有时后悔离开了
斜坡上夏天的宫殿，那些梯田，
和绸缎般的女孩们带来冰果露。
然而骑骆驼的男人们咒骂和抱怨着
四处乱跑，去找他们的酒和女人，
夜间的篝火熄灭了，没有栖身之地，
城市充满敌意，乡镇亦不友好
村庄肮脏，价格高昂：
我们受够了的艰辛。
最后，我们选择星夜兼程，
偶尔小睡，
声音在我们的耳朵里唱，说
所有这些都很愚蠢。

然后黎明时分，我们来到了一个气候温和的山谷，

湿润，在雪线以下，闻到了草木的气味；

流动的溪水和水磨在敲打着黑暗，

较低的天空里有三棵树，

一匹老白马在草地上飞奔而去。

然后，我们来到葡萄叶挂满门楣的一家客栈，

七手八脚在一个敞开的门里寻找银子，

脚踢着空空的葡萄酒袋，

但是一无所获，所以我们继续前行

傍晚时分到达了目的地，不早也不晚

找到了这地方，（你可能会说）称心如意。

所有这一切发生在很久以前，我记得，

而且我会重来一遍，但是请记住

记住这些：

我们走了这么远是为什么？

是为了获得生命还是为了死亡？我们得到过生命，的确，

我们有证据，毫无疑问。我看到过生和死，

但是，原以为他们是不同的；这个生命

对我们来说是艰难和痛苦，就像死亡一样，我们的死亡。

我们回到自己的故乡，这些王国，

但这在古老的制度里，不再轻松自由，

陌生的人们紧抱着他们的神。

我应该向往再一次死亡。

前奏曲

一

冬天的傍晚降临了
把牛排的味道溢满各个走廊。
六点了。
烟熏的白昼烧到了头。
一阵风雨把
枯叶和空地里报纸的
肮脏碎片卷到你脚下；
雨打在
破裂的百叶窗和烟囱上，
在街道的拐角
一匹孤独的驿马喷着气跺着蹄。
然后灯亮了。

二

早晨唤醒了
被一双双冲向早晨咖啡摊的泥脚
践踏过的满是木屑的街道上的

一缕淡淡的陈旧啤酒的味道。
时间再次带上其他的伪装，
想想吧，那一双双的手
在千万个房间里
拉开了一个个肮脏的窗帘。

三

你把毛毯从床上扔开，
你躺在那里仰面朝天，等待着；
你打着盹儿，观赏黑夜展开的
构成你灵魂的
上千个肮脏的影像；
它们投影到天花板上。
当世界完全醒来，
光从窗缝里悄悄爬上来
你听到水槽里的麻雀，
你对印象中的街道
已经完全不懂；
坐在床的边缘，
你卷着你的头发，
或者把黄黄的脚底
紧紧握在污浊的手里。

四

他的灵魂在天空中伸展着

消失在一个街区后面，
或在凌晨四、五和六点
被一双双脚持续践踏；
短粗的手指把烟斗填满，
晚报，和一双双信服的眼
确信某些应该发生的事，
变黑了的街道
不耐烦地要主宰这个世界。

我被围绕着这些图像
的那些幻想感动了，并牢牢抓住：
对一些无比温柔又无限受苦的东西的知觉。

用你的手擦过你的嘴，开怀大笑吧；
世界的运转就像
古代的女人们在空地上收集柴火。

河马

同样，请像尊敬耶稣基督一样尊敬所有的执事吧，就像主教也是天父，长老也是上帝委员会和使徒学院。没有这些，"教堂"的名称就不被赋予。我相信你会接受这一点。

S. IGNATII AD TRALLIANOS.

当这封书信在你们中间诵读时，它也会在老底嘉教会中诵读。

宽宽脊背的河马
在泥里的肚皮上休息；
虽然他看起来很坚强
他只不过是血肉之躯。

血肉之躯既虚且弱，
容易患上神经休克；
真正的教会永不会倒
因为它基于磐石之道。

为了生活所需，
河马的渺小可能会误入歧途，

为了它的收益

真正的教会却从不需要费力。

河马永远尝不到

芒果树上的芒果；

远在异域的石榴和桃子

也是献给教会的水果。

交配时的河马的声音

调子曲折，嘶哑而奇怪；

但我们每个星期都会听到

教会与上帝同在的欢快。

河马的白天

在睡眠中度过；到晚上才狩猎觅食；

上帝以神奇的方式工作

教会在睡眠中也能进食。

我看到河马展开翅膀

从潮湿的热带草原上飞翔，

天使们围着上帝歌唱

对上帝的赞美，很响亮。

羔羊之血把他洗净

他把神圣的双臂抱紧，

他将现身于圣徒之中

演奏起金色的竖琴。

用所有贞洁烈女的衣裳
他将被洗得雪白，
真正的教会却仍在下界
紧裹着古老的雾霾。

猫的命名

猫的命名是一件很难的事，

它可不是你的一个节日游戏；

你可能认为我像疯子

但我告诉你，一只猫必须有三个不同的名字。

首先，得有一个家庭日常使用的名字，

比如彼得，奥古斯都，莫宁，杰姆斯，

比如维克多或者乔纳森，乔治和比尔贝利

都是些常用的名字，都很明智。

还有更雅致的名字如果你希望它们更甜美，

有的给绅士有的给淑女：

如柏拉图，艾德米塔斯，伊莱克特拉，得墨忒耳—

但所有这些都是常用的名字，都很明智。

但我告诉你，一只猫需要一个特别的名字，

一个更特殊，更庄重的名字，

否则他怎么能保持自己的尾巴垂直，

怎么张开自己的胡须，怎么珍惜自己的骄气？

我可以给你几个这类的名字，

比如芒克斯特拉普，夸克斯欧，或科瑞寇帕特，

比如波姆巴洛丽娜，或者杰莉罗伦？

这些名字永远不和另一只猫重名。

但在除了上面这一切，猫还得有一个名字，

这就是你永远不会猜到的名字；

人类研究也发现不了的名字

但猫自己知道，虽然永远不会承认。

当你注意到一只猫在深邃的冥想中，

我告诉你，这总是因为这件事：

他全神贯注满脑沉思

在想，想啊，想，他的名字：

他那不可言喻的喻

和不可言传的传

他在想那幽深莫测的奇异唯一的名字。

窗口的早晨

在地下室的厨房里她们敲打着早餐的盘碟，
沿着街道被纷纷践踏的边缘
我感到女仆们潮湿的灵魂
在周围的大门口沮丧地发芽。

雾的棕色波浪向我抛过来那些
从下面的街道来的扭曲的面孔，
从一个身着泥泞裙子的路人扯① 下来，
一个空洞的微笑在空中徘徊
然后消失在屋顶上面。

---

① 译诗采纳了于慈江为本书作的序言中的建议。

永
远
的
真
爱
：
其
他
译
作

土豆一颗颗落下，打破寂静

像滚离焊枪的锡球

致所有人

像你母亲从她的房子里眺望

你在花园里树丛边玩耍

透过这本书的窗户

你也可以眺望

在很远的远方，另一个孩子

在另一个花园里玩耍

但不要认为

你能敲敲窗户，就能让

那个孩子听到你

他只是在专注地玩耍，忘了一切

他不会听，也不会看

还不会被引诱到书外面来

因为，很久以前

孩子长大了，走了

这只是他空气中的影子

仍然在花园里徘徊

Robert Louis Stevenson

母亲

我不埋怨他们：主啊，我不怨他们
眼看着我两个强壮的儿子出去
使尽他们的力量，和他们的伙伴们一同逝去，
他们用血腥的抗议来争取他们光荣的目的，
他们的人民会传颂他们，
世世代代的人会记得他们，
称他们为先知；
但在漫长的夜晚
我仍然会在心里念起他们的名字；
那熟悉的小名
曾经在这久已熄灭的壁炉旁围着我。
主啊，你对母亲真的很残酷：
在痛苦中我们看着他们来了又去了；
我不怨恨他们，我已经疲倦了那漫长的悲伤
但我有我的快乐：
因为儿子们有他们的信仰
他们曾经为了信仰而战斗过。

Patrick Pearse

致母亲

因为我觉得，在天堂里

天使们彼此耳语

在他们炙热的情话中

没有任何词汇比"母亲"更虔诚

所以，我一直用这个亲爱的名字称呼你—

你对我比母亲还重要

你用所有爱心充实了我的心

死神让你来这里

给了我的爱人维吉尼亚一个自由的精神

而我自己的母亲，早就去世了

她只是我自己的母亲，但你

是我深爱的人的母亲

远远比我自己的母亲更亲爱

就像我的妻子

对我的灵魂而言

远远比他自己更珍贵

Edgar Allan Poe

吻

唇和唇在交谈。
似乎在欢饮彼此的心。
两个爱人离家漫游，
到唇的交合处朝圣。
爱掀起的一对波浪，
在两人的唇上打碎消失。
渴望对方的两个欲望，
终于在身体的极限相遇。
爱在写一首小巧玲珑的歌，
用的是层层唇吻的书法。
在两套唇上采摘鲜花
也许是为到后来连成项链。
这甜蜜的唇的联盟
是给一双笑脸红色的婚床。

泰戈尔

君已暮年

今君已暮年，灰发亦长眠，
垂首篝火前，细读此诗篇，
款款字行里，悠悠梦丝连，
君眸曾靓影，柔情凝眉间。

多少恋君郎，皆因君之美，
君乐处处优，众郎爱与毁，
唯有士心诚，恋君香客魂，
经年君面黄，亦爱君无悔。

焰落炭且明，火前佝偻形，
喃喃愁思涌，众郎如灰烬，
劝君莫心伤，巍巍高山顶，
恋君贤士隐，永恒在群星。

叶　芝

如果你忘了我

请君知我心。

君已知我心：
当我看见
窗外月色晶莹，
枝冷叶红，秋意阑珊；
当我触摸
炉边明灰遁影，
柴木褶皱，红焰如炽；
一切都在把我带给你，
仿佛所有的存在，
芳香　光明　金属，
都是一条条小小的船
载我驶向等待着我的
你的海岛

那么
如果你慢慢地不再爱我
我也会慢慢地不再爱你

如果突然间

你忘记了我

请不要再来找我

因为我会把你忘记

如果你冥思苦想，

摇动旗帜的风

刮过我的一生，

你却决定把我抛弃在

我扎了根的心灵海滩

请你记住

在那天那时那刻，

我会抬起双臂

我的根会离开

去寻找另一块净土

但是

如果每日每时

你觉得你注定是我的

甜蜜永恒；

如果每一天

你香唇如花来把我找寻

亲爱的，你是我的，

我心中的爱火将永远燃烧，

我心中一切都不会熄灭

也不会遗忘

我的爱，
燃烧着你的爱，
被你爱着，
只要你还在世上一天，
它就总在你的怀抱里
也永远在我的怀抱里

聂鲁达

致爱情

今夜我醒了两次，并徘徊到
窗口。街道上的灯光，像苍白的省略号，试图完成
一个睡眠中的句子　但也减弱了些许黑暗。
我梦见你怀孕了，尽管　分开了这么多年　我还是觉得很内疚，我深情的手掌
抚摸着你的肚子　在床边，它摸索着我的裤子和
墙上灯的开关。灯泡点亮了　我知道我会把你独自留在那里，黑暗
中，睡梦里，在那里静静地　等我回来，不想责备或训斥我的

不辞而别。因为
黑暗恢复了光明无法修复的。我们在那里结了婚，受神明保佑，我们再次　成为双背的动物，孩子只是　我们裸体的借口。

未来的夜晚，你会再次出现。
你会来找我，虚弱了，消瘦了，经历了　其间的一切，我会见到尚未起名的
儿子或女儿。这一次我不敢　用手寻找开关，害怕

感觉我没有权利
离开你们，像白昼里

那些挡住你视线的栅栏的阴影，发不出声，被把我永远带走的光明抵消掉。

布罗茨基

当所有其他人都去弥撒

当所有其他人都去弥撒
我们在一起削土豆，我完全是她的。
土豆一颗颗落下，打破寂静
像滚离焊枪的锡球：
我们之间是清凉的舒适，共享着哪些
一桶清水里闪闪的光亮。
土豆接着落下。我们彼此激起的
欢快的水花让我们回到现实

所以当牧师在她的床边
全力以赴为临终的她祈祷
有人跟着祈祷，也有人在哭
我却想起她的头靠向我的头，
我呼吸着她的气息，还有我们娴熟沾水的刀
此生此世再没有如此亲近。

希　尼

校友赠言

　　和众多八十年代中期成长于北大的诗人们比起来，达哥有两个鲜异的特点让他寒江独钓、卓尔不群：一、他写诗大器晚成、后来居上；当年的他埋首科学，远离校园里蜂拥的诗人、泛滥的创作和因此逼仄拥挤的空间；而在诗人和诗已经"云深不知处"了的今天，他却如刻意长久蓄势和磨剑一般，奇峰陡出、喷薄奔涌、夕阳万丈；二、他是罕见的非文科出身的诗人，他的科学成绩，特别是他物理学的功底，使他诗作中的文字、结构和意象，呈现出纯文人难以抵达的迷宫似的奇幻幽邃——那里诠释了一个大到宇宙、小到量子的无穷无尽的神秘世界。

　　—— 高　翔（北京大学国政系本科 83 级、硕士 90 级，现任北京大学校
　　　　　友诗歌与朗读协会副会长、湖北校友"未名诗社"副社长）

　　写诗时的汪浩是一个率性的诗人，"业余"于他是自由，更是自然，少了仪式感和负重感，多了本真和诚恳。他的诗沉着地穿行于古典与现代、东方与西方之间，以畅然又不失敛抑的姿态，将刹那的尘缘体悟外化于字里行间，明己润人，搭起与阅读者共鸣的维度。读汪浩的诗，必须用足够安静、足够老练、足够靠近中年的心境，做好邂逅他本人并最终不经意地达成默契的准备。

　　————————————————— 王　强（北京大学数学系 86 级诗人）

　　看了达哥自己创作的抑或翻译的诗作，着实被达哥对生活的爱所打动。他的诗里充满着深情、爱意、悲悯和豪迈之情，不仅我被迷住，朋友们读完也一定会被迷住。

　　————————————————— 常振婷（北京大学生物系 88 级）

　　达哥是一个跨界高手，由科学而管理而写作而翻译而社会活动，无不得心应手，游刃有余。他自称"后北大业余诗人"，实在是谦辞，作品中表现出十足的专业水准。他的古典诗词，典雅、规范而富现代情趣；他的现代诗，自由、素净而多深意；他的翻译同样功力不凡，我尤其喜欢他译的《荒原》；他将北大校友中的诗歌爱好者组织在一起，切磋技艺，谈诗论道，更是善莫大焉。作为同龄人，我最感佩的是，达哥帮助我们探寻了一种如何更好、更有意义地生活的可能。祝达哥的新诗集找到更多的知音。

　　————————————————— 邓锦辉（北京大学中文系 86 级诗人作家）

第一次接触到《迷宫的回音》时，就被这个名字吸引。这个名字，可以是艺术，可以是科学，更可以是灵魂的探幽。物理学专业出身的科学家汪浩，近两三年才涉猎诗歌领域，一出手便一发不可收，在古典、现代、英文诗之间游刃有余，上乘之作频频，成为近年来北大诗坛的一道闪电、一道风景。他的诗作，题材丰富，意象悠远、纯美、跳脱，充满了内在的神性；宛如一束光，刹那间点亮了读者的内心，与他的内心产生了强烈的共鸣。他的诗，有真情，有悲悯，有阳刚，更有色彩，有音乐，有墨香。

　　诗人有一双找寻的眼睛，更有一颗探求的心灵。在达哥的诗集即将付梓之际，我祝愿达哥找寻生活的诗意，探求生命的本真，走得更远、更远。

—— 杨瑞芳（北京大学地理系84级诗人）

　　1694年，俳人芭蕉开始一生中的最后旅行。他想让精神走得更远些—日月乃百代之过客。芭蕉的辞世名句是羁旅卧病苦／荒野梦魂绕，他是否在警告人们：精神过于游走的一个结果，必然是梦绕荒野？如是这样，就与霍金警告人类不要让精神走得太远，乃有同工异曲之妙了。然而，汪浩师兄的诗使人思考：人的精神究竟能走多远呢？

—— 熊　涛（北京大学东语系88级诗人）

　　读了达哥近年的中英文新诗和古体诗，眼前一亮，颇多喜爱，随手采撷几朵：

　　"路苦无人唤"，"尘缘最负相盼"（雨霖铃·春晖仙散），寥寥几句触动我心里最不能碰的痛点，母亲，再也喊不出口；母亲，相盼不得见。

　　《踏波而去歌》，"清风融恶语，玉树扫流言"，大气男儿！"世界无垠阔，时空渺渡船"物理学者的眼光早已脱离世俗之小鸡毛纷争，定位于无垠太空，无限时空，潇洒踏波而去。

　　《枫叶和大麻》，"红枫和大麻的分歧，危险与美的对立，品格上的分歧。"我却在想红枫和大麻的联系，诗人怎么把二者绑在一起呢？红枫就是眼睛的大麻吗？用火一样的热情麻醉眼睛，愉悦眼球，昏眩眼神，让视觉迷恋上瘾。有趣。

　　《兰陵王·晚秋绚》《兰陵王·又冬至》

　　秋色绚烂，冬雪暗静，写景不落俗套，借景明志，收放自如，天涯归来，依旧少年意气勃发。

—— 李　革（北京大学技术物理系86级作家）

图书在版编目（CIP）数据

迷宫的回音：达哥的诗和他选译的艾略特的诗 / 汪浩
著. -- 北京：作家出版社，2018. 11
ISBN 978-7-5212-0279-3

Ⅰ. ①迷… Ⅱ. ①汪… Ⅲ. ①诗集 – 中国 – 当代 Ⅳ.
① I227

中国版本图书馆 CIP 数据核字（2018）第 255599 号

迷宫的回音——达哥的诗和他选译的艾略特的诗

作　　者：汪　浩
责任编辑：史佳丽
装帧设计：王汉军
出版发行：作家出版社
社　　址：北京农展馆南里 10 号　　　邮　　编：100125
电话传真：86-10-65930756（出版发行部）
　　　　　86-10-65004079（总编室）
　　　　　86-10-65015116（邮购部）
E-mail:zuojia@zuojia.net.cn
http://www.haozuojia.com（作家在线）
印　　刷：北京中科印刷有限公司
成品尺寸：148×210
字　　数：100 千
印　　张：7.625
版　　次：2018 年 11 月第 1 版
印　　次：2018 年 11 月第 1 次印刷
ISBN　978-7-5212-0279-3
定　　价：32.00 元